子育て進化論

熱血母の勝手な言い分

鷹《たか》觜《はし》 好《よし》子《こ》
Yoshiko Takahashi

文芸社

はじめに

えーい、もうっ。母親役なんてやってられない！　と、叫びたくなる日々。けれど、本当に役を降りることはできずさらにモンモンとする毎日。

子どもたちに対する不安や不満、世間一般の人々（子どもを取り巻く環境や事件などを含めて）に関しての愚痴や怒りを表したいと思います。

凝り固まっている頭をどこまでほぐせるのか……心配な面もたくさんあるけれど、黙っていたんじゃ何も始まらないと思って。で、わたしの考えが間違っているのか、そうでもないのかを読んでくださった方々に教えていただきたいのです。自分一人では、わからないことが多すぎるので。

モンモンとしているうちに月日が経って、原稿を書き出してから形になるまでに三年も過ぎてしまいました。この時代、たった三年と思っても、結構移り変わっていることがあります。ちょっとギャップを感じるところがあるかもしれませんが、ご了承願います。

書き始めた当時は中学二年生と小学六年生だった息子たちも、今春から高校三年生と高校一年生です。振り返ってみると、何だかあの子たちもかわいかったなあ、と思える部分もあります。辛く苦しく、わたしが母親役を降りてしまいたい！　と叫んでいた頃、彼らは少しずつ成長していたのですね。反発を繰り返すたくましい力に圧倒され、エネルギーを吸いとられる思いで悪戦苦闘が続いた時期――。

過ぎ去った今だから言えるのですが、大変だったけれど、その分充実した生活を送っていたのかも、と思います。時代が変わっても子育てをしていく上で正しいこと、正しくないことの基準は違ってはいないでしょう。そこを皆さんがどう思い、どう感じているのかを知りたいのです。

どんな気持ちで子育てをしていますか？

どのような思いで子育てをしていましたか？

子育て進化論◎目次

第一章　世間ってやつは

ケータイデンワ・その一

「トゥトゥトゥー」「パラピラパラピラ」「ピロロロン、ピロロロン」。あっちこっちで鳴るケータイ音。いつからこんな世の中になっちゃったの？　ケータイデンワの普及ってすさまじい速さで進んでいったよね、それにしても。

ちょっと前なら、お金持ちの特別な持ち物だったのに。これは何なの？　バスや電車内であっても当たり前。駅前、街中のいたる所でおかしい程たくさんの人々が忙しく、せわしなく歩きながら話している。

びっくりした話を一つ。子どもの小学校の保護者会に出席した時のこと。当時はまだ、ケータイデンワも一般的じゃなかった。なのに、「トルルルーッ」といきなり鳴ったのですよ、そいつが。しかも担任の先生のお話中に。一同、驚いて一瞬の沈黙。

けど、持ち主はちっともあわてなかった。悠々とスイッチを入れ、話し始めた。何なのー、信じられない！　保護者会の最中だよ、場所は教室。シーンとしてんのよ。私語もなく。まったく、何を考えてんのよっ。

その時、お話をなさっていた先生はどうされたか。残念なことに（？）何もおっしゃいませんでした。アキレたのか、アキラメてたのかはわからないけれど、親の躾まではできません、ってことかな。当然と言えば、当然かもね。

それにしても、そんな所にまで電話をもらわなくちゃならない程の重要な用事って何？　急用って何？　と、その時強く感じたこと、今でも覚えています。

さて、あれから何年か経った現在、保護者会でのケータイの呼び出し音、ちーっとも珍しくなくなりました。誰も、うん？　何だ？　なんて顔をしないし、聞き流してる。

でも!!　本当にそれでいいの!?　医者や警察関係者、マスコミ全般、ついでに政治家位しか、ケータイが必要な人っていないんじゃないの？　普通の人がセコセコと、わざと忙しくすることなんてないでしょう？　ケータイを持っていると便利なのはわかります。わたしにだって、あ、今アレがあれば、って思うことはあるもの。

だけど……時と場所をわきまえて使ってほしいのですよ。便利さ優先で、周りに迷惑をかけてるってことにまったく気づかない、気づこうとしない人がどれだけいることか。そんなことじゃ、子どもの手本になんてなれないよ。恥ずかしくてさ。

さっきの話の続きだけど、学校の先生が保護者の前で話している時、ケータイ片手にペチャペチャしゃべってる親（嘘じゃなくて本当にいるのですよ、こういう人）、それだけで親失格！　子どもの躾以前にもう一度、アンタ自身を躾直して出直しな！　と言いたい。わかってほしいなぁ、そこらへんのこと。

ケータイデンワ・その二

中高生の何パーセントの子が持ってるの？　ケータイって。便利だから、皆（皆ってホントに皆なの？）が持っているからって理由だか何か知らないけれど……。これって大人たちの責任だと思うけどさぁ、中高生たちにそんなものを持たせるな！

友だちとのコミュニケーションに飢えているから、持っていないと仲間ハズレにされるなんてことを言い訳に、買い与えている親もいると聞く。が、どういうことなの、それって。

覚醒剤の売買や援助交際の必需品として、ケータイが重宝がられているってことも事実らしいのに、どうして持たせるの？

買い与えないと子どもがうるさいから、とりあえず持たせとく、なんてことで片づけないでほしいよね、こういう問題を。じゃあ、どうして中高生がケータイを持ってちゃイカンのか、説明しましょうか。

一つ目は、ちゃんと働いてもいない学生の身（中学生じゃバイトをしている子なんて、まずいないし、させてもらえないはずでしょう？）で、通話料の高いケータイ（ＰＨＳも同様）を持つことはない、ってこと。〝学生は学生らしく〟(完全に死語です)なんて言葉、聞いたこともない中高生がワンサといるんだろうなぁ、きっと。やだ、やだ。

学生の基本は勉強。人生の中で、その時位しか集中して勉学に励む時期なんてないのだから、他のことに気をとられすぎないためにもケータイはいらないと思うよ。

二つ目の理由は、無意味だから。話している内容って何？　中身があるの？　言っちゃ悪いけど、くだらんことでしょう？　聞きたくもないのに大声で話してくれたり、ケタケタ大口開けて笑ったり。あれを見聞きすると、人間の価値がドドーッと落ちていく感じ。そんな姿を人前にさらしても平気なのですね、あの種の人々は。その感覚が、先天的なモノか後天的なモノかはわからないけれど、見苦しく、聞き苦しいのは確かなこと。

最後にもう一つ、今さらアンタ何言ってんの、と言われることを承知の上で申し上げます。〝便利だから〟〝人に遅れをとらないために〟〝持っていないと格好悪い〟などと子どもの言い分に押し流されていませんか。身の安全を守るために持たせている、という女の子のお母さんがいたけれど、他の方法では安全確保はできないのでしょうか……。もう少し考えてみませんか。子どもからの願いを叶えるだけが親の愛じゃないのだから。

中高生(もはや、小学生も!?)をおとしめていく小道具の一つ、〝ケータイデンワ〟。わたしはこれを持たせないことが大切、と考えていますが、時代錯誤も甚だしいのでしょうか？

テレビ

コイツには、ホトホト困っています。参っています。全面的に否定する気はありませんよ。もちろん、わたしだって毎日見ているし、数は少ないけれどおもしろい！　と思う番組もある。

でもね、テレビが子どもたちに与えてる悪影響って考えたことある？　特に午後七～八時台にダーラダラと流されている〝バラエティ番組〟。消えてなくなれ、って思う。「見るなー、見るな、これ以上アホになったらどうする!!」と、子どもたちに叫びはするけれど、ちょこっとでも目に入るとつい、見出してしまうのよ、子どもは。

そりゃそうだよね。マトモな（？）大人なら、なんだいこんなもん、って言うところだけど、小中学生のウスッペラな頭には、見たい！　と思わせるツクリになってる。視聴率さえ稼げれば何をしたってイイでしょ、というテレビ局の姿勢、なんとかしていただけないものだろうか。

わたしらが小学生の頃にもPTAのお母さんたちが、「ドリフターズの番組は下品だ、食べ物を粗末にするな！　子どもたちに見せたくない番組は『8時だヨ！　全員集合』です」なんて騒いでいたっけ……。けど、今の番組制作の方針、内容、出演者、どれをとってもあの「ドリフ」

の比じゃないと思うよ。それに当時はああいうのって「ドリフ」に限られていたように思います。あのくだらなさ、アホらしさって。週に一度、ドタバタに見入って、ゲタゲタ笑って。

　でも今やそれ以下のモノがダーラダラと流されっ放し。連日連夜、それだけ。悲しくなる位やってる。そうして、どんどんポッケーッとした、考えナシどもが育っていってる。恐ろしいなあ、こういうの。絶対、よくないよ。だったらテレビを持つな、見るなって言われそうだけど、そういうことじゃないのよね、わかってもらえるかなあ？

　ダメだ、ダメだ、こんなの見てちゃって思っている大人たちも少しはいるはず。でも何だか腰が重い。その手の番組が多すぎて見慣れてしまったの？

　でも、いけませんよ、それじゃあ。かつての「ドリフターズは敵！」と、言い切ったお母さんたちにあやかって声を出してみましょうよ。

　テレビ制作側の皆さん、子どもたちの未来へとつながるような夢のある番組を作っていただけませんか。「鉄腕アトム」も「ドラえもん」も現代人となりつつある今、これからのヒーローを誕生させてくださいよ。子どもたちにとって、未知の世界がどれだけ魅力的なものか。元子どものわたしたちには、よーくわかっていますよね。

　そんな夢の世界を描けるテレビにしかできないこと、もっとあると思うのです。感動を与えてくれる番組、楽しみに待っています。

勧誘電話

　昼の十二時前後と夕方の七時前後、ここに集中してかかってくる無意味な電話。あー、うるさいったらない。

「こちら××教育の○○と申します。あのぉ、お母さまでいらっしゃいますかぁ?」

「△△教材の□□でございます。ただ今、特別に中学生の中間テスト対策といたしまして問題集のご案内をさせて頂いております」

「あのォ～、わたしたちィ、学生のォ、サークル活動でェ、中学生を相手にィ、家庭教師のォ、アルバイトをしているんですゥ。それでェ、実際にィ、教えているところォ、お母さまに見て頂いてェ、続けさせて頂けるかというかァ、決めてほしいんですゥ。もちろん、一回目はお金は頂きません。いかがでしょうかァ?」（笑ってしまうけれど、十人中九人までがこんな話し方なのです）

　などなど、連日の電話。我が家には中二と小六の、今まさにターゲットにされる年頃の子どもがいる。だから、仕方がないじゃないと言えばそうだけど、あの数の多さには参るね。名簿だって、どこからどう巡って電話番号を知ってかけてくるのか。嫌〜な感じ。

用事があればこっちからかけるのにね。学生サークルの電話は、あまりにも多くて煩わしかったので、途中からは相手に番号を聞いて、「必要な時期が来たら、こっちからかけさせてもらいます」って言うことにしたけれど、なんせあっちも一人、二人でかけているわけじゃない。毎度毎度違う人がかけてきて、ほんと、うるさい。あれで、「はい、お願いします。じゃ、明日来てね」なんて言う人、いるのかなあ。いるからこそ、成り立っているのでしょうけれど……不思議。

子どもの数が減り続けているのだから、教育業界も生き残りが大変だろうなあ、これからずーっと。なんて、余計な心配もときどきしつつ、けど今の子たちはそんなに勉強しないよ、とも思います。

国・私立の中高から、難関大学を目指す正統派は別にして（その子たちは、やっぱりね、ちゃんと勉学に励んでいますよ。小学校時代から）ごく一般の、公立中学から公立高校のどっかへ、なんてノン気な子どもたちはそんなに勉強していないよ。だから、特別な教材も家庭教師もまるっきり必要じゃない。

勉強をする子どもとしない子どもの差、すごいんじゃない？　昔と比べられない程、その差は広がっていると思う。「公立高校（一部を除いて）から大学に現役で合格するのは難しい」なんて言われ始めてかなりの年月が経ちましたよね。

もっとも公立にだって優等生は存在しているのだから、その貴重な人材に当たれば勧誘電話の成果も得られるかもしれません。なかなかそんな子はいないから大変だけど……。

さて我が子たち。彼らにはまるっきり意味ナシです。だから、もう絶対にかけてこないでお願い！　あなたたちの声を聞くだけでシンド〜イんだ、とっても。

ゲーム

ピコピコッ、ピコピコッ、と、あっちでもこっちでもゲームの電子音が聞かれるようになってどの位経ったっけ？　あの音、大っ嫌い。どうして？　と聞かれても嫌なモノは嫌なのっ!!で、おしまいにしたい位にイヤ。

機械オンチだからかもしれないなあ……正直言うと。ピッ、ピッと、機械が発する音はどれも苦手だし。今どきの人じゃなくて格好悪いけど、仕方がないよね、好みの問題だから。

それに比べて、子どもたちのなんと、機械好きなことか。ファミコンゲームに始まり、わたしのようなド素人にはまるっきりわかりません、テレビゲーム、ポケットゲームの数々。どこまで進化するのだろうと目を見張らされ、超スピードで日々、変化に変化を重ねている様子。一体どこまでいくの？

さて、子どもとゲームのなんとも密接なこの関係、どう思います？　わたしはこう思う。どう考えても健康な子どもが家の中に閉じこもってゲームに夢中、って図はおかしい。不健康じゃない？　そんなの。で、自分の価値観をそのまま我が子たちに押しつけてしまった。どうしても貫きたくて。彼らにしてみりゃ大層迷惑な話だったでしょうけど、これだけは譲れない！　って思いが強かったのです。

小学生を中心にゲームってはやってるでしょう？　家庭への普及率は相当なものだよね。全体の何パーセントに当たるのかな。八十パーセント位はいってるの？　もっとかな。特に男の子たちの人気は根強いよね。

数年前、当時小四だった次男のクラスで先生が子どもたちに聞いたことがありました。「家にテレビゲームを持っている人は手を上げて」と。その結果、二十八人中二十五人の手が上がったと言うのです。

つまりゲーム類を持っていないのは、我が子を含めて三人ってこと。お見事！　しかも次男の話では、自分以外の二人は女の子で、兄や弟のいない、女の子の姉妹のいる子、とのこと。いつも元気いっぱいで、男らしい男、と自負していた我が子は、イヤーな気持ちになったらしい。「ダッセーナオマエ。格好悪イ」位の無言の圧力をクラス中から感じとった模様。

そんなのナンセンス！　と思ったのは親のわたしだけ。子どもには子どもの世界がある。特にモノモノモノ、の今の子どもたちの世界。皆が持っているモノを持たないことがどれだけ肩身の狭いことか。今さらながら、よくぞ彼らはイジメられなかったものだ、と我が子たちの強さを思います。

考えにくいことでしょうが、そうなのよ、子どもたちって。これが、ちょいと弱い子だったら、イジメられていたかもしれません。そしてもし、そうなったとしたら親としてもさ、ついゲーム一個でイジメられないで仲良く遊ぶものならば、と買い与えてしまっていたかも……。情けない話だけど。

イジメられはしなかったけど、逆の立場に立ってくれた我が長男。これには辛い思い出話が一つ。なんでそうなるのよー、って感じでタマラなかったな、親としちゃ。

どういうことかって？　書きたくない話だけど、えーい、書きます。長男はハッキリ物を言い、自己主張をする子、いや、しすぎるくらいの子でして……。その子が弱くて物を言えない子に接するとどうなるか。イヤなことをイヤ！　と言えない子っているでしょう？　そういう子と対面すると……ご想像ください。〝イジメ〟〝イジメラレ〟の関係が生じてしまうのです。そして大変なことになる。

で、そこにからんできたのが〝ゲーム〟です。「ゲームを貸せ、やらせろ」の連発。弱者は強者の言いなり。我が家ではゲームが禁止となっていたため、長男は弱者の家に入りびたり。しかも気の毒なことに相手の子は長男の横でただ見ているだけ。と、いうことだったらしい。後にその家の兄弟から話を聞いてビックリするやら情けないやら……。

そんな時期がしばらく続いて、ある日ポケット型のゲーム機を借りてきて、家で夢中になって遊んでいる姿を発見。長男から事情を聞き、ゲーム機は相手の子に返すように説得をするものの、ちょっとモメましたね、これが。

わたしの前では返したように見せかけていてもまた、いつの間にか借りていたり……。最終的には、互いに付き合わない、ということで解決。後味の悪い方法で縁を切ることになりました。たかがゲーム一個の話なのに。

けど、流されたくなかったのよね、あの時。いいよいいよ、と親が妥協すれば友だちを失わずにすんだのだけど……。うーん、それにしても大事なことって何なの？　親としての力量不足を強く感じたのでした。

ストーカー、痴情殺人事件

うーむ。と、うなりたくなる位この類の事件が多発している昨今。どうしてなの？　ちょいと付き合い、ポイッと捨てられた男たち。相手に未練を持ち、復縁を迫るもののうまくいかずに殺してしまう……。

アイマイなままに事件が起き、何が何やらわからないうちに事後処理がなされ、いつの間にか解決。でも、本当にそんなことでいいの？

別れ話を出された男性側がカーッとなって、一番大切だったはずの女性を殺してしまう……。そんなことはあってはならないことでしょう？　本来は。なのに、なんだかフツーに事件は起こり、取り調べられ、片づけられていく。

どっかヘンよ、おかしいよ。こんなの。〝殺す〟ことに罪の意識を感じていない、ってことはないと思う。精神面で、とりあえずは普通に生活を送っていた彼らとしては、まぁ正常の範囲内にいたのだと思います。途中までは。どこから狂って、そこまでいかせてしまったのか。ちょっと考えたいとわたしは思っています。だって、子どもたちが大人になった時、このタイプの犯罪って今よりもずっと増えているると思えるんだもの。そう考えるのって危険？　そんなことはないでしょう。

現代の子どもたちは、ゲーム感覚で人付き合いもこなしている。全部がそうではなくても、そうした部分を必ず持っている。〝生きている〟ことや、〝死ぬ〟ってことを昔みたいに特別視していない。

〝生きること〟も〝死んでしまうこと〟〝殺すこと〟もどれもこれもいっしょくたにしているような、そんな気さえする。ゲーム機のスタートボタンをピッと押すように、殺意も一気に湧いて、サッと刺してハイ、オシマイって感じ。何なのよこれって⁉　と、マトモな人間なら我に返るところでも彼らは返れない。……この人たちをどうやって救えばいいのやら。感情がない、あるいはないに近い犯罪予備軍たち。困るよねぇ、数も限りがないしさ。

「何が彼らをそうさせたのか」といった事件を起こしてからのことは、警察やその他の専門家に任せるとして……。「ソノ気にさせない人を育てるにはどうしたらいいのか」とでも言いましょうか。子育て中のわたしたちにできることはないのか、考えてみませんか。

今どきの子はなってない、と世の人々から見られ、親の躾ができていないからだ、とおしかりを頂戴しつつ、そこでできることは何なのか。大人が、親であるわたしたちが前向きにまず、考えることが大切じゃないかと思うのですが……。

「いいよいいよ、ウチの子には関係ないこと」「そんなの一部のイカれた子の話でしょう。我が家には無関係」などとソッポを向かないで、社会の一つの問題として捉えないとね。大人の態度によって、子どもたちの行動も変わっていくはず、そう信じないとやっていかれないよね。

考え出すとキリがないけれど、それにしてもこの先、子どもたちはどうなっていくのでしょう。〝子ども〟と一束にはくくれないけれど、何を考え、どう育とうとしているのか、ちゃんと向き合っていかねば。

他人の子どもにまで、本当は目を向けないといけないのでしょう。けど、そこまでの余裕がない場合には、せめて自分の子どもには責任を持とう。このところどうもいい加減な親が増えているようだから、しっかりしないといけません。

大人が少しずつ、少しずつ楽をして、気をゆるませ、手抜きをしてきた結果が今、出てきています。物事をきちんと考える習慣が、子どもの時から身についていれば、フラれた位で人殺しをする大人にはならないいんじゃないかな。違ってる？　わたしの考え方って。

中学生の事件

〝事件〟だなんて、嫌ですねぇ。耳にするだけでブッソーだし、感じ悪ぅだし……。でもこのところ、中学生が何かしでかして〝事件〟扱いになっていることが多い。今までも同様にあったのかもしれないけど、目に付きます。

具体的にあげてみましょうか。

一、都内中央区で担任教師の鼻骨を折った中三男子。

二、横浜市では本棚を壊したことを注意され、中二男子が担任教師に暴行。

三、岡崎市で授業中に騒ぎ注意した教師に暴力をふるった中二男子。

四、多摩市で登校中にタバコを吸っていたことを注意され、そのことに腹を立てて包丁で教師たちを脅し、現行犯逮捕となった中三男子。

五、津市では、修学旅行先で素行注意をした教師たちに暴行をはたらいた中三男子。

等々、パラパラッと新聞を読んだだけでもこの記事の数々。一体、何なのよー!! と、声をあげたくなる位多いんだ、これが。なぜ? なぜなの? ガマンのできない姿にびっくりしたり、あきれたり。うーん、こりゃタマラン！　親の一人として黙っちゃいられない。

このまま世の中学生が、またしても!?　なんて事件を起こすことのないように、何とかしなくては!!　と、思う。……けど、何ができるの？　酒やタバコと関わってる中学生に注意もできないわたしに。

それはそうと、先生とのトラブルがすごく多いよね。たまに、友だちや同年齢の相手とのケンカや親子のいさかい、なんてこともあるけど。細かく注意を受けた後に殴ってしまう、ってパターンなのかなぁ。〝ガマン〟ができないってこと？　〝ガマン〟をするって小さい頃からの習慣？　生まれついての性格や育った環境や育てられ方で違うの？　うーん、どうなの？　いろんな要素でできあがってしまうものかもしれないよね。答えは一つじゃなくて。そうなるとやっぱり親の責任って、でかいなあ。

我が子は、十四歳と十二歳。もう、随分と育ちきった感じだけど、まだ間に合うことがあるのだろうか。

子どもたちの動きは、目の端っこでいつも見ている（つもり）。じゃないと危ない。それと親に見られている、という意識がはたらいていれば、大それたことを犯したりはしないのでは、と思う。

近づきすぎず、かといって離れすぎもせず適当な（ってどこら辺がイイのかわからないよぉー）距離を保ちながら信頼関係が築ければ、親子のトラブル、ゼロなんだよね。

親のほうでこの位、と思う位置と、子どもの立場からここ、って思う場所は、たぶん違うのよ、これが。そこが難しいところ。で、お互いに歩み寄って、少しでもマトモな関係をつくろうと、努力をする。

中学生の事件を防ぐには、ちっぽけだけどそんなところから始めてみませんか。

家庭内暴力

父親が高校生の息子を殺す事件が、千葉県と岡山県で起こりました。どちらも家庭内暴力に苦しんでいた一家が、平和を取り戻すために選んだ方法だったらしい。

どんな理由があるにしろ、人を殺すことは許されない！　しかし、と思います。同じ人殺しでもそれぞれに異なっているわけで、この場合間違っている、とは言い切れないのでは？　どうなのだろう？

ある日突然暴れ出し、押さえがきかなくなった息子。体も大きく、力も余っている程あり、暴れられる側は恐怖におののく。しかもそうした暴力がふるわれる前は大抵がいい息子、優等生、手のかからない子どもだったと聞きます。余計に親たちは驚き、何が何やらわからなくなるでしょう。想像しただけで、たまらない。

いつ、どんなときに手がつけられなくなるのか、わからない息子。それも小さい子どもではなく、父親の身長を越えたような大きな子ども。どうやって動きを止めるのか、どのようにして身を守ろうか、そんなことしか頭には浮かばない。いや、実際にはそれすら考えられなくなっているのかもしれません。

殺されるかも……という恐怖。その戦いの中で考えに考えて、殺される前に殺してしまおう、殺すしかないんだ、今ここで。この先何があるのか。疲れた、疲れた、もうダメだ……、となって仕方なく、力なく父親は我が子に手をかけたのだ、と思います。当事者の方々には勝手な想像で物を書いて申し訳ないけれど、わたしはそう思うのです。

人間〝イザ〟となると、ものすごい力が出ると言う。わたしはまだ、〝イザ〟を経験していないのでわからないが、その時、苦しみ抜いた父親は力を込めたのでしょう。親と子の辛く、たまらない姿。

行く末を考えて、父親としての責任をとったことにもなるのかな。人の命をこんな風に捉えてはいけないのかもしれないけれど、いつまで続くのかわからない凶暴な息子との生活。自分以外の家族に及ぶ危険……止めるにはどうすれば良いのか。考えてしまいます。

それと疑問に思うのは、どうしてその子が暴力をふるうようになったのか、ってこと。理由がハッキリしていない。親にもわからない。理由は絶対にある、よね。何もなくてイキナリ暴れ出したりはしないもの。大暴れ中の本人たちにさえわからないにしても、何かあるはず。

先にも書いたように、暴れ出す前はイイ子だった息子たち――この〝イイ子〟には引っかかります。無理にイイ子を演じていた場合、いつか爆発する。ちょっと気を抜きながら、適当にマシな子を演じている分にはどうってことないけど、真のイイ子はキツイ。

新聞記事に、某都立高校三年生約二百五十人が〝少年事件をどう思うか〟をテーマに作文を書き、〝イイ子〟の辛さを表現しているものがありました。

例えば、〝優等生〟の肩書きはすごく重い。良い成績を取ることでしか自分自身を見出せない。また、成績優秀で言うことを聞く子が〝イイ子〟と言われるが、そのために彼らはいろいろなことを我慢してきたはずだ、など。

トドメを刺してくれたのは、ある女子生徒が大人社会へのあきらめや不安をつづっていたもの。

「私たちの世代は生まれた時から欲しいものは何でも手に入り、勉強できる環境があって幸せだと言われる。だが、一体何が幸せなのかわからない。学校に行き、そのうち働かねばならない。その先にはリストラ、倒産と疲れた大人たちの顔が待っている。高齢化や地球温暖化など未解決のまま自分たちに回ってくる」

全ての高校生が、こう考えているわけではないけれど、一部の生徒は世の中をそんな風に感じていたのですね。今さらながら、ショックを受けました。大人として、申し訳ない思いがして。

夢を持ち、希望に燃えて――、なーんて言っていた時代は確かにあった。過去のこと、遠い世界の出来事になっちゃったの？　本当に？　なんだか辛いねぇ、そんな時代に〝これから〟を生きていくのも。ただ、即死ぬわけにもいかない。だったらやっぱり〝夢を持ち、心を燃やす〟ような努力しなきゃ。もったいないよ！　ありきたりだけど、人生は一度きりなのだから。

どうでもイイこと

〝無責任〟に通じるところがある、「どうでもいいよ」「どっちだっていいよ」という言葉。最近すごく気になります。ヤル気がない、無気力な印象を受け、耳ざわり。中二の長男はこれが口癖!?　と思える程使っている。まあ、一番使いたい年頃なのかなぁ、とも思いますが。

小学生のあの元気さは消え、「なんつーかタリイーんだよ」と、格好をつけていきがってる感じ。ずっとその気持ちを引きずるのではなくて、一過性のモノならそりゃいいんだけど、どうなんでしょう。

この時代、先が見えるようでいて実は何も見えなくて、適当にやっていたら何とかなってしまうことも多いから、ずーっとこのままってこともないとは言えないよなぁ……。本人次第だから、仕方がないにしても親としてはつい、聞きのがすことのできない言葉なのですよねえ。

他のお父さんやお母さんたちは気になったことないのでしょうか。たかが一つの言葉じゃないの、と片づけられそうだけど、なぜか引っかかるわたし。こっちがおかしいの？

と、沈んでいたら、昨日心を軽くしてくれる投稿記事を新聞で見つけました。書き手は東京都荒川区の高校生Ｉ君。内容は、こんな感じ。

「子どもは大人の社会のさまざまな状況を見て育っていく。大人が平気で社会常識やモラルを欠いたことを犯していては、子どもの社会も低下の一途。大人こそきちんとした社会生活を送ってほしい。そうすることで、これからの世の中が良い方向へ進んでいくだろう」

ボンヤリとした大人たちが多い中で、何としっかりとした考えを持った高校生なのでしょう。〝どうでもイイこと〟などをグチャグチャ言っていた自分が恥ずかしい。やっぱり大人がしっかりしないとイカンのです。毅然とした態度で生きていかないと、ね。

いつの間にか諦めてしまっている。何かにつけ、そんな気がする。けど、それってたぶん諦めているんじゃないいんだよね。面倒くさがってしないだけ、ってことも多いと思うのです。注意や説教をするのって疲れるよね。エネルギーがすごくいるし。知ってても知らんぷりをして過ぎちゃえば楽だもん。誰だって知ってるよ、そんなこと。だから、いちいち文句をつけない。子どものしていることがたとえ、間違っていると思っても注意をしない。怠っている。怠けてる。

いつからこうなったの？　なぜ、楽することを覚えたの？　自分たちのことで、手一杯だから？　何か嫌だね、そうゆうの。生活全般が楽になって、安易な方へと皆が流れ、流されていく。流れに乗れずに苦しむ人もいる（ほんの少数派だけど）。でも、本当はその流されていない人たちの方が正しいのかもしれないよ、とわたしは思います。

多数派が正しいとは決まっていないでしょう?　どんな時にもそんなことで世の中がまわられても困っちゃうしね。ここはちゃんと、考えないといけません。最低限の社会のルールを守って、秩序を乱さないこと。これ位は皆、できるよね、大人なら。

これ以上子どもたちに〝どうでもイイこと〟を増やさないためにも、大人が見本を示しましょうよ。〝子どものヤル気〟を育むためにも我が身を振り返ってみませんか。

ゲーム感覚

少年の犯罪が起こるたびに用いられる「ゲーム感覚で」という表現。ヘンな言い方。ゲーム感覚で罪を犯すって、どういうことなの？　わからない、どうしても。

数字が苦手で、ゲーム類に不向きな性格だから「ゲーム」そのものについていけないからかもしれませんが……。

時代に完璧に遅れてる、って感じよね、これって。でもさあ、ゲーム好きのいわゆる「ゲームオタク」の人たちが、先を行ってる進歩系の人々ってことになるかというと、どうなんでしょう？　「ゲーム」「ゲーム」で先に進まれてもなぁ。困るんだけどなぁ。

特に、この頃のように犯罪がゲーム感覚で起こされるようになったんじゃ、たまらない。今の子どもたち（というよりもう、すでに二十歳を越えた大人でさえ）は、小さい頃からほとんどの子が「ゲーム」で遊び、育ちつつある世代でしょう？　物心がついたときにはゲーム機を握り、画面に向かっていた。友だちと遊んでいても互いに、黙ったまま（ときどきは声を上げて遊ぶにしても）沈黙の中で、ゲームを楽しむ。勝っても負けてもスイッチを消せば、それで終わり。翌日はまた、スイッチをオンにして、別のゲームを始める。その繰り返し。

何年もそんなことをしていたら、どんな大人になるのか。ちょっと考えれば、わかりそうなものでしょうに。人としての感覚を身に付ける前に付けてしまった、ゲーム感覚。やっぱりヘンだよ、それ。

そのことに気づこうとしない大人たちもおかしい。金もうけのためにだけ生き、子どもを相手に次から次へと売れ筋を開発するゲーム会社にも困ったものだ、と強く言いたい。大人の金銭感覚が狂ってしまったから、子どもたちにも影響したわけでしょう？

わけのわからない、わかりにくい少年犯罪が増えたこととゲーム遊びって、どっかでつながってるんじゃないのかな。子どもが喜ぶから、ゲームで遊んでいると大人しくしてるから、などと先を考えないで与えた親も悪い。何万円もする、子どものオモチャとは思えない高価なゲーム機。それを買うために何時間も並ぶ人々。「これも親心ですよ」と、答えていた母親がいたけど、それって何なの？

我が子のためにイイことをしているとでも思ってるの？

でもねぇ、わりと多いんだ、この手の親たちって。新しいゲームが発売されるたびに予約したり、徹夜で店頭に並んだり。

「アンタはゲームのできない遅れた人間だから、そんなことを言ってんのよ」と言われそうだけど、しかし!!　と思う。

まともな感覚をどこかに置き忘れてる人たちが、増えているのは確かでしょう。「まともな感覚」自体が、何なのかよくわからなくなってきているし……。このまま行くと、どうなるの?

話を戻しますが、「ゲーム」は遊びで終わらせてほしい。同じ気持ちや感情を引きずって、日常生活を送らないで!　と言いたいです。

大人になってから、他の遊びも知った上でゲーム遊びをするのなら、まだいいよ。けどさ、物心がつくかつかないかの頃からずーっとゲーム一筋ってのは危険だよ。やめた方がいいよ、絶対。小さい頃からゲーム浸けになっている場合は子どもに責任はない。周りの大人たちがしっかり管理しないとダメだよ、やっぱり。取り返しがつかなくなる前に、ちょっと考えてみませんか。一度浸ったら「ゲーム感覚」を取り払うのって大変じゃないの?　だいたい取り払えるのかなぁ……なーんて。

第二章　学校ってやつは

教師の行方

「先生の言うことを聞く、良い子になればいいんだろっ！」

次男Yが渋い表情で吐いた一言。時期は小学校四年生の二学期の終わり。理科担当のX先生と長い間もめていたらしいのです。「らしい」などと他人事なのは、担任の先生から話を聞かされなかったし、本人も訴えてこなかったので気づけずにいたから。母親として反省しています。

なぜなら、もっと早くにわかってあげていたら事態は違っていたかも……と思ったので。次男の心情はともかく、相手の先生がとてつもなく心を痛め、悩まれていらしたのです。

冒頭の一言を聞いた翌日、忘れもしない十二月十九日の金曜日。昼休みに小学校二階の理科室を訪ねました。お詫びの挨拶をするために。先生は、わたしの顔を見るなり、入り口付近に駆け寄って来ました。

「このたびは、大変ご迷惑をおかけいたしました。お詫びが遅くなり、申し訳ありません」

と、こちらが言った途端、一気にまくしたてる先生。

「もう、二学期の間中、困らされることがありまして。大変だったんですよ。今までにも何度もお母さんにお話ししようと思ったのですが、担任ではありませんので直接お話しすることははばかられ、先日のようなことになりました。あの時は、いくら何でもわたしとしても、我慢ができませんでした。

Y君はそりゃ、良い発想をすることもありきちんとした発表のできる子です。でも、他のもっと良い意見を言う子の妨げや邪魔になることも多いんです。黙っていてほしいと思う時がたくさんある。ありすぎるくらいある。それを今までにも何度も注意をしたんですが、聞き入れてくれない。それであの日も……。

二時間続きの授業中でした。一時間目はテストをして、終わった人から室内で静かにしているように指導をしたのです。Y君、そしていつも良い意見を出してくれるA君がテストを早く終え、椅子に座っていました。が、いつからか小突き合いが始まりまして……。でも、一度は収まったんです。

そして、二時間目、水と氷に関する実験をしていました。皆が前に集まって、様子を見守ります。Y君はいつものようにまん中に入って、見やすい場所にいました。人を押しのけ良い場所をキープしているのです。A君が入ろうとすると、入らせないように防御していました。小競り合いが始まりました。そこまでは、わたしも見ていました。次の時にはどうしてそうなったのかわかりませんが、二人が襟元をつかみ合いながら、教室の後ろへと移動していました。

わたし一人の力では止められませんので、体の大きいB君にY君を押さえるように頼み、A君をわたしがつかまえました。そうやって二人の争いを止めたのです。

理科の授業は、他の教科以上に怪我をさせないように気を遣います。そこでまず、ケンカを止めたのです。その後は、二人の納得がいくように解決したいと思い、ゆっくり時間をかけて話をしました。

A君には、弁護できるところはしてあげるから、と言いましたが逃げてしまいました。Y君は、担任の先生にも状況を説明したようですが、解決には至りませんでした。A君は理科の成績はトップクラスです。だからY君はそこにからむ。もう一人、B君もいろいろと良い意見を発表してくれます。Y君はB君に対しても過敏に反応し、邪魔をします。

Y君さえいなければ授業がうまく進む、と思います。ですから、こんなことがあったすぐ後の授業中にY君がわたしの話を聞いていないようなので注意をしたところ、わたしに対して〝うるせえなぁー〟と、吐いた一言をどうしても許せなかったのです。

今までさんざん注意をしてきて、こんなに迷惑をかけているのにちっとも反省していない。なによ、これは！　と。わたしは感情を抑えきれず、これ以上Y君と同じ教室内にいると彼を傷つけることを言ったり、行為をしそうだったので、理科室を出て、教室へ戻るように言いました。

でも、Y君は返事をしません。動こうともしませんでした。そこで彼の教科書やノートを取り上げて、机の上に投げつけてしまいました。バンッと音を立て、飛び散ってしまったのでわたしが拾い上げました。今思うと、大人気なかったなあと思います。

けれど、四日経った今でも心の整理がついていません。正直なところ、これからのことも自信がないのです」

ほんのちょっとのお詫びのつもりで出向いた理科室。「室内にどうぞお入りください」の言葉もないままドアのそばで三、四十分、わたしは立ったまま。本音を言うと、「この先生、大丈夫かな。かなり参ってるなあ」と思ってしまいました。注意に耳を傾けない我が子が悪いのはもちろんだけど、小学校四年生だよ。相手は生徒、あなたは教師。どうなってるの？

いくら我慢ならなくなったと言っても、教育者でしょうが。勉強道具を投げつけて何が解決するの。ハッキリ言って、そんなことをするようだから生徒が言うことを聞かないのです。わからないのかね、その位。「何年教師生活を送ってるのよ！」（たぶん二十年以上……）と今なら言い返すところですが、当時は我が子がものすごく悪ガキに思えたのでした。悩んだ末、担任の先生に相談。彼女はヤンチャ坊主の扱いにはとても慣れている先生でした。

「大丈夫です。何とかなります。しばらくの間、わたしもいっしょに理科室へ行って様子を見ることにしましょう。それが嫌なら教室で個人的に教えてもいいですし」

この力強い言葉に安心し、お任せすることに。三学期に入って、小さなトラブルは起こっても、大きな問題はありませんでした。我が子も少しは反省し、先生の話を聞くようになったからでしょうか。

彼にとって理科は、好きな教科だったのです。興味があるから実験や授業にも積極的に参加し、教師に認めてほしいという願望が強かったのでしょう。反抗的で、扱いづらい点があるのはわかります。しかし、教師としてのプロ根性を見せてくださいよ、先生。子どもの間違いを指摘して、教え導いてこその教育者でしょう。欠点を見つけて叱りつけるだけじゃ、ダメなんじゃないの。

彼の四年生の理科の成績は、学年を通して、いや、ハッキリ言って小学校生活の中で最悪のものでした。関心、意欲よりも態度のひどさが決定的だったのでしょう。当然の結果でしたが、親子ともに落ち込むこともなく、五年生に進級しました。

その春、X先生はよその学校に移られました。事実を知った時の息子の反応。

「あれぇ、X先生、他の学校へ行っちゃったんだね。俺のせい？　俺が言うことを聞かなかったから？　どう思う、お母さん？」

ここで初めて、先生に悪いことをしたな、と思ったのかもしれません。異動の真意はわかりませんが、おかげで息子も成長できました。その後、X先生にはお会いしていないので、この言葉を伝えていません。もし、伝える機会があって当時を振り返り、あの後こんなふうに息子が思っていたと話したら、先生は何とおっしゃるのでしょうか。

ちょっぴり伺ってみたい気もします。もっとも先生にしてみると、思い出したくない出来事の一つになっているのかもしれませんが。

仮に、今も先生にわだかまりがあるとしたら、「そんなことじゃいけませんよ」と言ってしまいそうです。だってそうでしょう？　子どもが自分なりに反省しているのに、教師側だけがこだわっている。おかしいですよ、そんなの。

〝教師〟はやはり〝教師〟らしくないと。それだけ大変な職業を自ら選択したことを思い起こしていただきたい。そこを忘れられると、これからの生徒たちの中にも我が子と同じ思いをする子どもが出てくるのでは？　と心配になります。

できることなら、責任の重大さをもう一度、お考えいただければと思います。

部活動

「中学生になったら、勉強とスポーツ、特に部活動をがんばります」と言う小学生（中学入学前の抱負を語る時の小学生）は、多数派でしょう。それが叶えられるものならば、努力次第で充実した中学校生活を送れるような気がします。

ところで我が子の通う中学校。部活動が盛んではない。もう、これが本当に嫌になる位、盛んじゃあない。はて？　なぜここまでひどいんだろう。あまりに不思議なので部活動の担当の先生に伺ってみました。返ってきたのはこんな答えでした。

「今はねえ、勉強もスポーツも（部活動も含めて）どっちもがんばります。一生懸命やります。なんていう時代じゃないんですよ。子どもの質が違ってきているのでね。何もかも張り切る、ってことはまず、ありません」

おいおい、先生がそんなことを言っててどうするのよお!!　ガンバリマース、と勢い込んできた元小学生たちはどうしたらいいんだい！

先生方は皆、こんな考えなの？　もし、そうならヘタに子どもに期待を持たせないでよ、と言いたい。小学校の先生たちって、「さあもうすぐ中学生ですね。中学へ行ったら何をしますか。その気持ちを表してごらんなさい」なんて言って、小学校の卒業前には必ず作文を書かせるでしょう？　しかも「中学に入ると勉強も運動も今までとは違ってがんばらないといけませんよ。他の人に負けないようにしっかりしないと」なんてゲキを飛ばしちゃってさ。おかしいよ、そんなの。無意味なゲキを飛ばす前に、本当のことを子どもたちに伝えなくちゃ。

それとも、中学校の実態を小学校教師は知らない、とでも言うのだろうか。そんな言い訳はやめてほしい。絶対にやめて下さいよ、と、本気で思います。

さて、問題なのは子どもたち。目標を掲げて、入学してきた子どもたちのヤル気をどうやって伸ばしていくのか。最善策は、先生たちもヤル気一丸となって子どもたちといっしょにがんばること。それが一番。

雑務に追われ、忙しいらしいのはわかります。小学校の先生からも随分聞かせていただきましたもの。

「子どもたちは、行事に追いたてられるように生活しています。その指導をしているわたしたちにしたって、同じことが言えます。今日もこれから、研修会がありまして他校へ参ります。ゆっくりお話をしている間もないんですから」と、いうようなことを。

「そんなこと言わないでよー。言われたって困るしー」と、心の中で思い、口には出せずにいましたっけ。忙しい子どもたちと忙しすぎる先生たち。どっちにも余裕がない。余裕がないのはイイこと？　いや、イケナイんじゃないの。イケナイってことに大人が気づきながらも変えることができない。子どもたちに接する人たちが、そんなことでイイのか。ダメですよ、そういうことじゃ。なんとかしなくっちゃ。

話を戻して、中学での部活動の問題。忙しすぎる先生の監督の下では活発な活動ができない。だったら、先生抜きで部活動をしてみたら……なーんて考えてもみたが、万一に備えて（事故や事件の発生など）生徒たちだけでの活動は許されていないらしい。ま、それもわかるけれど……。なんとかなりませんかねぇ、先生たちの時間のやりくりってやつ。

中学生の男の子って、やたらにエネルギーを持っている。ある精神科医の先生からは、「家庭に男子中学生が一人いるってことは、猛獣を一匹飼っているようなもの。それ位、その年代の男というものは激しい。また、本人自身も、そのモンモンとした気持ちをどこへぶつけたら良いのかわからずにいることが多い。個人差はもちろんあるけれど、誰もがいつ、猛獣になるかわからない。そんな危険性を持っている、ということを親は知っているべきだ」と、聞いたことがあります。

そこで先生方にお願いしたい。ご事情はおありでしょうがぜひ、子どもたちに体を動かさせてエネルギーを発散できる時間と場所を与えてやって下さいませんか。「そういうことは、各ご家庭でどうぞ」と、冷たく言い放たれそうでもあるけれど……。

規則のある生活、ヘンな誘惑に乗っからない態度等々、あらぬ方向へ子どもたちが向かわないためにも部活動の活発化は必要！　なーんて、今さら親に言われなくたって先生方はご存じのこととは思いますが、ね。わかっていながら、どうして行動してくれないの？　とっても歯がゆいなあ。

ちなみに、夏休み中の息子の部活動（野球部）は、七月中が五日間で各二時間、八月に入って四日間各二時間。六日から九日は三泊四日の合宿。この合宿は充実していたようで、顔から首、腕は真っ黒に日焼けして帰って来ましたよ。表情も大満足！　といった顔をしていたので、部活動の良さを親の側からも感じられたりして。

ずーっと以前、そうわたしの時代の夏休みといえば、もう連日連日連日、連日（しつこい!!）部活動の練習にあけくれるのが健全な中学一、二年生の姿でした。

男子も女子もなく、皆真っ黒に日焼けして暑くて暑くて大変だったけど、がんばってたよなぁー、あの夏。と、今でも思い出す夏の出来事。今の中学生たちにもこんなにやったんだぞ、と心に残る思い出を作ってほしい。

子どもたちの〝ヤル気〟を大切にして下さいよ、先生方、お願いします！

修学旅行・小学校編

次男（小六）の日光への修学旅行が目前に迫ってきました。旅行の目的は、①互いに協力しながら規則正しい生活を送る、②日光の歴史を学び社会科の学習に役立てる、③自然に恵まれた日光で、すばらしい思い出をつくろう、の三点。二泊三日の予定は、各所の見学や中禅寺湖遊覧、戦場ヶ原ハイキングなど。

さて、ここで問題にしたいことは何でしょう？　子どもを甘えさせるな、という話なのです！　往復の交通手段として東武電車の特急を用いるとのこと。まあーっ！　小学生の旅行で特急（もちろん座席指定）を使うなんて、ゼイタクすぎるよ。

先生方をはじめ、企画・計画している教育委員会の面々は、このことに何の疑問もないのでしょうか？　時間節約のためとはいえ、行きも帰りも、というのは納得がいかない！　学校着は午後三時半の予定になっているけれど、特急ではなく、快速準急で帰ってきても、夕方には到着すると思うのですが……。

先生方も楽をしたいのかなぁ、なんてつい思ってしまう。特急券代を出すのが惜しいとかいうケチで言ってるんじゃないのよ。あくまでも。小学生の身でそんな楽チン旅行が許されていいのか、って言ってんの。加えて言いたいことがもう一つ。電車の乗車駅までの学校からの行き方についてですが……。

子どもたちは当日の朝、学校に集合して〝出発式〟を行ってから駅へと向かいます。学校から駅までは一応徒歩。そう、二十分くらいかかな、個人で歩くと。ダラダラと団体で行くと三十分はかかるだろうか。そうねぇ、三十分。うーん、三十分ってのはキツイのかなぁ。えー、何がキツイのかというと、子どもたちは荷物を大人に預けて、手ブラで駅へ向かうのですよ。何気なーく、涼しい顔で。毎年のことながら（いつからそうなったのかは知らないが）どうも腑におちない。上の子の時もそうだったけど、その姿を見ていると笑顔で「行ってらっしゃーい」と、送れないんだなぁ、どうも。

さて、子どもたちが残していく荷物ですが、この後見送りにきていたお母さんたちが手分けをして、バンやワゴン車数台に積み込む。サッサッサッと、素早いこと。子どものためだとここまでできるのか、と感心させられた反面、本当にこれでいいの？　と問いかけたくもなります。

そして、荷物は駅へと運ばれていく。車の運転手さんは、忙しい中時間を割いてくださったお父さまたち。ありがたいことです。おまけに、子どもたちが帰って来る日には、駅から学校に向かって同じことがなされるのです。

二泊三日分の自分の荷物ぐらいどうして持って歩けないの？　しかも歩いて行った先ではあの、例の指定席特急電車「スペーシア号」が待っていてくれるのに。ちょっと辛い思いをしたってその後に、ゆったりと広い座席に座って休める、っていうのにさ。ヘン！　ですよ、これって。こうした一つ一つの甘やかしから、子どもたちを弱くダメなものにしているんじゃないのかな。

体力には個人差があるから、一概には言えないけれど、小学校の六年生ってそこそこには体ができていて、力持ちになっていると思うよ。

ただ、先生方の中にはそうは考えていらっしゃらない方もおられました。かつて六年生を引率された先生に、こう言われてしまったのです。

「荷物を持たせて駅まで歩かせるなんて、無理です。そんなことをさせたら、後が続かない。駅に到着しただけでクターッとなってつかいものにならないんです」

無念！　大勢の子どもたちと接していらっしゃる先生にこう言い切られるとは。けど、納得いかないのよね。もしかしたら、元気いっぱいで、他の子の荷物まで持てちゃうよ、という体力のあり余ってる子がいるかもしれないでしょう？（さっきも書いたように体力には個人差があるのですから）だとしたら、そういう子たちの力は、どこで発揮すればいいの？

運動にしても勉強にしても同じことが言えるけど、何にだって能力の差はあるよね。だけど先生方は運動面や勉強面で力のない子、劣っている子に基準を合わせてくれるってことはまず、ありません。

なのにどうして？　近年文部科学省がうたい文句にしている「生きる力を育む」大切な課外授業の場では基準を下げてくるの？　クタ～ッと疲れきって使いモノにならなくたって、やらせてみればいいじゃないか。子どもたちを甘やかすことなく、やらせてみてよ。経験しないとわからないことってたくさんあるし、そこから子どもっていろんなことを感じたり、学んでいくものでしょう。

ダメだ！　と大人が判断してさせないなんておかしいよ。何のための課外授業なの！　そんな時こそ、できそうにないことに挑戦してみなくちゃ意味がないよ。

ささいなことだけれど、今の間違った学校教育の一例が、ここにあるように感じます。先生方も親たちも、本気で子どもたちのことを思うのならご一考願いたいのですが、いかがでしょうか。

修学旅行・中学校編

長男（中二）が通う中学校の修学旅行は、三年生の春（五月下旬）に三泊四日で東北地方へ行きます。生徒たち数名の実行委員を中心に予定が組まれ、先生方は二年生のうちから（担任は大抵持ち上がりなので）計画を立て、頭を悩ませているらしい。ご苦労さまなことです、本当に。

中学生の修学旅行は、小学生のそれとは違い、実に大変なモノなのだ。何事もなく、無事に帰ってくること。これが全て。友だち同士のケンカに始まり、酒、タバコ、男女間の遊び事、他校生徒とのトラブルなど、あげたらキリがない位先生たちの心配事はある。

中学生も大人から見ると、小学生と同様に子どもだけれど、中学三年生は全ての面で〝子ども〟とは言い切れない。ま、タチの悪い子ども、とでも言い換えられるだろうか。多少の知恵と好奇心、欲望を叶えたい気迫（？）で、思いのままに突き進む危うさを持ち合わせている！　だから怖い!!

そんなに大変だったら旅行なんて、とりやめにしたら、なんて気も少しあり。表向きの目的は立派なもので、小学生の時以上に見聞を広めるために、などいろいろとあるのでしょうが……。

けれど、実際に修学旅行に行く子どもたちのどれだけの割合の子が、本来の目的を達成してくるのか、っていうとものすごーく疑問なのですよ。一割位はいてくれよぉー、という程情けないものになってくるのよね。

じゃあその他の子たちにとって（残りの九割全員ってことじゃないけれど）旅行の目的は何なの？　友だちとワイワイ騒ぎたい、おもしろいことを見つけて楽しみたい（先に書いたケンカや酒、タバコなどがそれに当たる）ってことなのでしょうか。

お金をかけて無駄なことをしているなぁ。お骨折りいただいている先生方には申し訳ないけれど、言ってみたくもなる。だって費用がすごくかかるのだから。なぜ？　と思う程の。

我が家のある都内某区の場合、小学校では四年生で千葉県の岩井へ臨海学校（宿泊施設は区で借りあげた民宿、交通手段は貸切バス）、五年生は軽井沢宿泊研修（区運営の施設に宿泊、同じく貸切バス利用）、六年生は修学旅行として日光への林間学校（区で借りた名ばかりの〃ホテル〃に宿泊、東武鉄道の特急を利用）。

それぞれ二泊三日で費用は約二万数千円。毎月小額の積み立てをし、各家庭に負担がかからないように配慮がされています。だから、費用の面で不満を感じたことはありません。

さて中学校。一年生は部活動に参加しないと泊まりで出かけることはない（同じ区内でも、一年生から宿泊研修を行う学校もあるので、小学生のように統一されていないらしい）。

我が子の通う中学校での一年生の課外行事は、都内巡りの遠足と〝栽培学習〟と称した農作業で、千葉県流山市の農家と区が契約し、土地を借り、わずかながら農作物を栽培しています。あとは、部活動に参加している生徒たちが、夏休み中に霧ヶ峰で三泊四日の合宿をします。区が運営している施設に泊まり、貸切バスを利用し、費用は約一万五千円。

次に二年生。一学期に区内の中学校が順番で霧ヶ峰林間学園へ出かけます。三泊四日で費用はたったの一万円ほど。すっごく安いでしょう？　交通費＋宿泊費＋食費（いったい何食あるっていうの!?）を含めて一万円!!　もちろん区からの補助金によって、この費用で行かせてもらっているのよね。そこら辺は区に感謝しています。こんな税金の使い方は大歓迎！

さあ、こうしたお金のかからない激安ツアーに関しては何の文句もないけれど、話は戻って〝修学旅行〟。費用、費用って、お金のことばかり気にして嫌だけど（小学校の時と同様、入学直後から毎月積み立てをしていて、旅費はそこから出す）なんと、約七万円!!　同じ三泊四日でこの差は何!?　もう、びっくりしちゃうなぁ。個人旅行ならともかく、団体旅行で七万円って高くない？　それプラス小遣いを一～二万円つけて、八～九万円になるって話もあるし……。どうなってんだい一体!!

そこまでの大金をかけての公立中学校の修学旅行。どれほど子どもたちが〝修学〟してくるのか疑問大の旅行。――もう、行くな、やめちまえ！　と言いたい。

費用〝七万円〟の内訳は……どうなっているのでしょう? 詳しくはわかりません。我が子が行くのは来春なので。ただ金額を聞いて、びっくりしたまで、です。往復の新幹線は、団体専用車両を用いれば一般運賃の半額、ということだけは知っています。ただそれも抽選によるので当たらない場合が多いようです。現地での移動は、班別にタクシーを用いるのが普通らしいので(タクシーっていくらの予算なのでしょう?)交通費が約二万円。宿泊費と食費、拝観料など施設利用料が五万円、ってことなのかな。問題なのは宿泊施設。イイ所なのですねぇ、きっと。

古くて汚い旅館だと、生徒たちがブーブー言って、まとまらなくなるのでしょうか。先生も大変だってことはわかります。そんな子どもたちを育てちまったってことには、親の一人として責任も感じてる。うーん、それにしても、だ。

イイ宿に泊まってタクシーで観光して夜の自由行動じゃ、好き勝手に動きまわって……(その間先生方は、何の問題も起こりませんようにと祈ってて)と、無意味に近い修学旅行。

もしもこんな旅行が実在していたら、即、とりやめてほしい。無駄にお金を使って、子どもたちを遊ばせるなんて、どう考えてもヘン! 修学旅行ならそれらしく、何かを学ぶ旅でなくては。

農作業

〝栽培学習〟と呼ばれる〝農作業〟が、息子の通う中学では一年生のカリキュラムに組まれています。場所は、学校から車で四、五十分の千葉県流山市。市内の農家と区が契約を結んで、畑の一部を借り、生徒たちが農作物（さつまいも、落花生）の世話をする、というわけ。

さて、ここで問題が一つ。このカリキュラムには無理があります。今の学校生活、何かと行事が多く、たくさんの時間を農作業にさくわけにはいかないのです。

けれど、農作物を育てるのに時間をさかなくてどうするの？　時間をかけて、手間を惜しまなくて収穫することなんて不可能でしょう？

雑草とり、畑のうね作り、水やり、そしてまた、雑草とり、水やりの繰り返し。しばらくそれを繰り返した後、やっとの思いで収穫を迎える。ところが、さっきも書いたように少ししか時間がない。そこで、どうするのか？

生徒たちが栽培学習に費やす日は年に三日。そう、たったの三日だけ。春には先生方が交代で雑草を取り除き、（これが大変。何たって前年の秋以降、手入れをせずに荒地と化した状態から始めるのですから）うね作りをしてキレイな畑のできあがり。

さあそこへ、生徒たちが種まき、植えつけの作業にやって来る。これが一日目。キレイな畑での簡単な作業。誰にだってできる。

その後は余暇を見つけては先生方や保護者が草むしりを担当。一ヵ月程して、〝マルチがけ〟とやらのために二回目の作業の日がある。これは雑草をはえにくくするそうで、力強い雑草たちは〝マルチ〟などものともせずにはえることもある様子。

で、またも雑草を取りに行くことに。もちろん出向くのは先生や保護者。その手伝いが嫌で、こんなことを言うわけじゃないけれど……。どうもそれっておかしくない？　忙しい生徒たちに代わってなぜ、大人たちが辛い雑草取りをするのか？　納得できないのよね。それに対してまた、誰も何も言わずにいる。保護者側にしてみると、先生に頼まれて「嫌です」なんて、突っぱねにくい。そりゃできませんよ。いろいろと忙しい先生にお願いされたら。

そこで一つ、提案。忙しいのはお互い様ってことで、夏休み中の一番過酷な草取り作業を生徒たち自身にさせたらどうなの？　ってこと。どう考えてもヘンでしょう？　キレイに整備された畑で、ちょいちょいっと種まきと植えつけをして、その後のマルチがけが済んだら放ったらかし。最後に雑草を取り除いてもらったところでさあ、収穫なんて。

「子どもたちに気持ちよく作業を進めてもらいたいので、ぜひお母さま方もご協力をお願いいいたします」（つまり、夏休み中や休日に草取り作業のできる人は手伝ってほしいってこと）と、おっしゃる先生がいるけれど、本心からそう思っているの？　どこかそれは違うと思うよ。畑がキレイなはずがないでしょう？　本当の姿を子どもたちに見せないなんて、良くないよ。それに、どうして教師や親たちだけが苦労して子どもたちはそれと同じ苦労をしないの。させないその姿勢がおかしい！

キレイな畑に連れて行って、「さあどうぞ収穫をお願いします」なんて、インチキな農作業だよ。それじゃ、せっかくの栽培学習の意味が半減すると思うけど、違います？

今は何でも子どもに楽をさせる傾向にあるけど、それって良くないよ。辛いことや苦しいことを少しは経験した方がいいんだよ。きっと。そうしないとドンドン駄目な人間が増えてしまう。楽しかできない奴が、ね。

大人の意識をここらで変えてみませんか？　こっちが変われば子どもにも良い影響を与えると思うのですが。

タバコ

「今日学校でさぁ、女子五人がタバコを吸ってるのが先生にバレてしかられてたよ」

中二の息子が帰宅してすぐに話し出しました。

「えーっ。学校で吸ってたの？」

と、わたし。

「そう。休み時間にね。だいたいあいつらが教室に入って来ると臭いもの。今までずっとそうだった」

「トイレで吸ってるってこと？」

「おかしいんだよ、あいつら」

「何を考えてんだか。って、きっと何も考えていないんだろうねぇ。ちゃんと考えていないから、そういうことができるんだ。もっといろいろ考えなさい!!」

「俺に言ったって、しょーがナイじゃん。なんか、明日の午後、親たちが学校へ来て親子十人と先生たちで話し合うらしいよ」

「ふーっ。女の子でも大変な子は大変だねぇ」

「女ってさあ、平気な顔して悪いことしてたりするからね。わかんないよ。××なんか特に陰じゃワル。先生は知らないみたいだけどね。うまくやってんじゃん」

と、息子との会話はしばらく続きました。嫌な話だけれど、本当の話。一時期ワルいことをして、また元に戻る子も、もちろんいるでしょう。

けれど、最後まで悪いことなどしないで成長できるのなら、それがイイ。子どもたちも心の中ではそう思っているんじゃないのかな。なかなか心の内までは読みとれないけど……ね。もっとも、今のコたちの困ったところは、何が悪いことなのか、それすらわかっていないってこと。たぶん、「タバコくらいどうってことないよ、先生たち、何騒いでんのさ」って感じじゃないの？　教育する側の親の意識もね、低いんだ、これが。

「いいじゃないの、タバコぐらい」とか、「外で吸うのは良くないけれど、家で吸うのならかまわない。だからわたしは、吸うのは家で、って子どもには言ってあるんですよ」なんて言い切る母親も珍しくないしね。

本当にそれで良いの？　体に悪いし、頭の発達にもマイナスじゃないのかなぁ。ソコソコの頭で、少し生きられればいいよ、もう放っといて、好きにさせて、なんて言うのならおかまいはしませんが……。

でも、タバコって本人だけの問題じゃないからね、困るんだ。周りにいる人たちに迷惑をかけているでしょう、どうしたって!! 他人の体に悪影響を与えてるってこと、わかってほしいよね。

二十歳を過ぎりゃ法律でも認められているから、ま、周りをよーく見てから吸ってちょーだい、いくらでも、って思うけど、とりあえず中学生や高校生のうちはやめておこうよ。親ももっと自覚を持ってよ。なーんか「酒もタバコも我が家はＯＫでーす」なんて無責任すぎるゾ。物わかりがイイようでいて、それは違う。絶対違う!

「何言ってんのよ、他人の家のことにとやかく言わないで。それぞれでいいじゃないの」といった声も聞こえてきそうですが、ちょっと待って。その考えが加速して子どもたちに乗り移ることもある、って考えられませんか。わたしはそう思う。親のイイ加減さやドーデモイイサ、って感じは子どもに通じてるよ、きっと。

親と子って不思議なところで通じてるモノじゃない。それだから、ってわけじゃありませんが、やはり多くの人が言うように「親の背中を見て子は育つ」ってことじゃないの? 子どもに見られては困るような背中はまずいよ、どうしたって。

「たかがタバコ」って言われるけれど、イケナイことはイケナイよ。ダメはダメッ、と大人がハッキリ言わないとケジメはますますなくなっていく。

その先は一体どうなってしまうのか？　考えただけで怖くありませんか？

酒

引き続いて〝酒〟の問題。これもまた、タバコと同じように中学生の日常と密着している困りモノでして……。飲むことに慣れている子もいるようで、平然としているのよね、飲んでも。タバコともども〝悪いこと〟って気持ちがないんだよね。飲まなくたって十分元気な子どもたちが、ハイな気分になってどうしようっていうのよ。困るなあ、そんなことじゃ。

どこでも自由に販売機で買えるアルコール。タバコも同様だけど、このシステムどうにかならないものでしょうか。ま、まず無理だよなぁ、この便利さは変えられない。となれば、親がきちんと躾るしかないよね。

「ダメなものはダメ!!」と、しっかり伝えないと。「二十歳未満お断り」には、それなりの理由があるのだし、相手は子どもなのだから、納得するように説明をするしかない。

体は大きいし、態度もデカいとつい、頭の中も成長しているように思いがちだけど、今の子たちって、わかっていそうでわかっちゃいない、知らないことって多いみたい。年上の人と接する機会が少なかったり、本を読まないせいかな。幼い部分を持ってる。さっきのタバコのことにしても、どうしてイケナイことなのかそれすら知らない。考えていない、わかろうともしていないってのは、〝子ども〟ってことだものね。

「ちょっと一口飲んでみたい。どんな味がするんだろう?」という好奇心は、わからなくはないけど、さ。でも、ちょっと待って。大人になったら（一応、二十歳ってことね、ここでは）飲んでみりゃいいじゃん。美味しくないかもしれないし、まあその時、「おーこりゃイケル」って思えばグッと飲めばいいし。

それからでも十分楽しめるよ、お酒なんて。早くから飲んでりゃ絶対、体に悪いよ。若いうちはムリな飲み方もするしね。ヒドイ時には命を落とすことだってあるのだから、気をつけなくちゃイケマセン。

さてここからは、わたし自身の反省。近所のコンビニの前や、うす暗ーい公園でタムロして飲んでいる中学生に「止めなさい」なんて言う勇気はゼロです、正直。怖くて全然言えません。いや、恥ずかしながら、まったく。見て見ぬふり、この繰り返し。

こうした大人の態度こそ改めないと……とは思います。思いはしてもなかなかねえ。痛い目には遭いたくないしなあ、と引いてしまうのです。

中学生（もしかすると小学生も！）が悪いことをしている時に、大人の方が怖がって注意の一つもできないなんて、どうなってんだろ、この世の中。

さて、結論。さっきから言っているように自分の子にだけは、きちんとモノを言う。これは守りたい。この際、他人の子には目をつぶる。タバになって悪さをしている子たちには関わらない。仕方がないよ、これは。

親であるわたしたち一人一人が自覚を持って、せめて自分の子どもの躾には責任を持つ。それがうまくいかなくて皆悩んでいるのですが……。

「親は親でいろいろと忙しいんだから、そこまで面倒見てらんないよ」って言ってる人、よーく聞いて。忙しいのはお互い様。どんなに忙しくても子育てに前向きな人は大勢いるよ。「忙しい」を口実にして子育てから逃げてはいませんか？　もう一度考えてみて!!

男女交際

　次男が小学六年生になった春のこと。学年全体の保護者会で、男女交際が話題になりました。隣のクラスの担任教師（男性・三十代）が、昨今の子どもたちの変化について話してくださったのです。

「今の子どもたちの男の子と女の子の付き合い方、お母さんがたはご存じですか？　もう、びっくりするくらいの早さなんですよ。何がかと言いますと、付き合いそのものが、です。わたしたちの頃は違いましたよね。順番があったっていうか、好きな子ができる。どうしよう、どうしようと心の中で動揺があって、そばにいるだけでドキドキ。相手に気持ちを伝えることなんて、なかなかできなくて、一人悩む。

　そのうち、グループ交際につながることもあるし、ただ思いつめている場合もある。思いをうちあけて、うまくいけば付き合うようになるとか、ねぇそんな感じでしたよね。

　ところが、今はまるっきり違うんです。好き、となると即行動。即デキてしまうこともあるわけです。もちろん、全員がそう、ということではありません。ただ、お母さんがたにも事実を知っておいていただきたくて今日は話をしました。〝小学生〟といっても体は大人の子もいるわけで、ご家庭でも十分に注意をしてください」

ひゃあー、と思いましたよ、正直。中学生ならば、うんそうだよなぁ、なんて思うところでもなんたって小学生。おまけに我が子は小柄で精神的にも幼い部類なので、まるっきり考えていませんでしたよ、そんなこと。

でも、ね、周りを見渡せば……いるいる、大人びた小学生が。女の子の成長は著しく、身長は親を越え、生理だってほとんどの子が始まっている。女の子を育てていないので忘れていたっていうか、気づかなかったけど、もう立派な大人ですね。人さまのお嬢さんたちは。

でも、だからって即デキルなんて思わないでしょ、普通は。さすがに先生は見るとこ見てるな、っていうのかな。けど、現実なのですね、そんな男女交際が。

しっかしなぁー、びっくりしちゃうよ、ホント。好きイコール、セックス。しかも小学生の身で。ちゃんと考えなよ、頭と心を使いなさいよ！　と言いたいです、わたしとしては。考えないで動くなんて、あまりに動物的じゃないの。人間なのだから、やっぱり頭脳プレーをしてくれよ、いくら子どもだって。

それに、こんなことまで事細かく教えないとダメなの？　などと思うわたしは親の自覚が足りないってことになるのでしょうか。いや、違う。ちゃんと育てていれば、いちいちそこまで言わなくても子どもはわかっている、と思います。いちいち細かく言わなくちゃならないっていうのは、それまでをいい加減に育ててきたってことなんじゃないの？　情けないぞ、そんなの。

自分で責任が持てないようなことは、しちゃいけない。それ位はいくら小学生だってわからないとね。お互いが傷付かないためにも心がけは必要です。

なーんてね、少しおかしくはないですか？　まだ、小学生の子どもなのに、なんだってこんな教育をしなくちゃならないの？　不思議な気分。

いつからなら、男女交際ってＯＫなのか……ハッキリ言ってわたしにはわかりません。「自分や相手に対して責任が持てるようになってから」なんて、真正直なことを言ってたら、一生、誰とも付き合えなくなりそうだし……。

あー難しい。自然に任せるのが一番、と思っていたけど、この世の中の「自然」には疑問を感じているところですし。どうしたらいいのか、どうなっていくのか先行きが見えなくって悩んでいるのってわたしだけ？

ＰＴＡ活動

幼稚園、小学校、中学校と、子どもが過ごす中、親がさけられないのがＰＴＡとしてのお務め。つまり、役員の仕事ですね。これには向き不向きがあるみたい。

ここでは、二つのタイプに分けられます。楽しくやっていけるか、いけないか。どっちか一つ。この場合、〝楽しんでやる〟のではなく、やってること自体が楽しいってことが大事。自分で楽しもう、楽しもうとがんばってすること自体、楽しくないってことでしょう？

考えなくてもとにかく楽しい。そう思う人は、引き受けるべき。そうじゃない人は引き受けないように。なーんかこう、辛くなってくる。うん、間違いない。重荷になって毎日がシンドクなる。「そうなりそうだなあー」とか、「なるかもしれない」って思う人、やっちゃいかんよ、絶対。

そうは言っても少子化の今。一クラスの人数も少ないし、「わたしにはできませーん」の一言で断るなんてまず無理。

まあ、とりあえずの気持ちで一、二回は子どものためと思って犠牲になるしかない。ＰＴＡって子どもあってのもの、子どものために活動するものなんだから。けど、ね。深入りは禁物。身を引くときはキレイにソツなく。そこのところがとっても難しい――。以下は、私自身の辛くて苦～い経験談。

「PTAの役員」と、一口に言っても役割はさまざま。これはわたしが関わったA小学校に限っての話ですが、PTAの仕事は、学校代表となる〝役員〟と、クラス代表の〝委員〟に分かれています。

そして、だいたいの感じとしておわかり頂けると思いますが、役員は正直なところ、いろいろと忙しい。

「ほんと、大変でしょう。ご苦労さまですぅ」と、周りの方々から声をかけられることも多い。確かに各行事に参加し、学校側からのお手伝い要請には一番に応じます。プラス笑顔で。

子どもたちと身近に接することができて、楽しいことも、もちろんあります。いろんな子が顔を覚えて、あいさつをしてくれたり、いっしょに遊んだりしてイイこともあり、だ。ただ、こういうのってどうもなあー、と思ったことを一つ。それは、〝義理〟の世界が根強いこと。お通夜やお葬式にまさに〝義理〟で出席する場合があったのです。役員として。

わたしは、PTA役員の一員として、大した位置にいたわけではないので、回数はそれでも少なかったとは思います。会長さんや副会長さんのお付き合いはそれこそ大変なのですから。

お焼香をして手を合わせる行為って、気持ちがあって初めて意味を持つことでしょう？　顔すら知らない人のお通夜に行くなんて……ヘンでしょう？　亡くなった方にも失礼な感じがするし。「世間一般、そんなものよ」って声も聞こえてきそうだけど、どうもおかしいなあ、納得いかないなあ、とずっと思っていました。

「役員」の仕事を二年間、手伝わせて頂きました。それ以前の二年は委員として、その中でも大変な委員長、副委員長の役割をしていたので、四年間ほとんど全ての学校行事の手伝いをしてきたことになります。

ただの「委員」ってのは、はっきり言って、ヤル気さえあれば誰にでもできるし、「役員」とは別なモノだと思います。「役員」を別モノ扱いしちゃいけないかな、でも別なんだよね。本人たちの意識も、それと周りの人たちの目も。

さて、一度役員を引き受けた人の運命はどうなるのでしょうか。子どもが卒業するまで、と思っている人が大半でしょうか。本来は、そんな規約はない。学校によっては、一年毎に更新したり、二年や三年で交代するという約束がなされているところもあるらしい。

ただ、我がA小学校の場合、多数の人たちが卒業時まで務めています。すごいでしょう？　これって。何もそこまでしなくたって！　と言いたくなります。

仮に何も知らずに（役員を引き受ける常識ってやつを）ヒョイッと、我が子が一年生なのにお引き受けしたとしましょう。そしたら何、六年間ずーっとやり続けないといけないの？　たまらんよ、それは。

こうした体制のおかげか何か知らないけど、引き受け手がなかなかいない。そして、この人なら推せば何とか受けてくれそう、という人のところへ出向いて「お願いしまーす‼」の一点張り。電話連絡もなくイキナリ来るのよ、これが。このパワーって、どっから出てんの、と目を見張りたくなる程。一人や二人ではなく、四、五人で一気に押しかけて来る。来られた方はたまらない。心の準備も何もないところへ大勢にまくしたてられて。

こんな方法で役員を依頼するなんてひどいでしょ。今も続いているとは思いたくはないけれど、あの時そう、わたしが役員をするハメになった時はこんな具合でした。

結果としては、いろんなことを経験できたし、知り合いの人もたくさん増えたりで引き受けて良かった、と思います。経験したことは決してマイナスにはならないし、ね。

けど、その後がどうもいただけなかった。上の子が卒業する時に、無理を言って役員を降りたのですが、下の子は在学中なものだから、他のお母さんたちとチグハグな関係になったり、わたしの方は妙に申し訳ないようなヘンテコな気分になってしまったり。

ちゃんと仕事はしていたし、役員の皆さんとケンカ別れをしたってこともない。こっちの気にし過ぎかなあ、とも思うけど何だかスッキリしないのよ、これが。

「どうして役員やめたのぉ？」
「えー、本当にやめちゃったの？」
「なんで、なんで？　何かあったぁ？」

とは他のお母さんたちの声。そんな中で、ほんの数名の方が「お疲れさまでした。ご苦労さまでした」と、声をかけてくれたっけ。この気持ちはうれしかった！

役員をしていた年数は同じでも、子どもが卒業する時までしていた人は堂々と、その他の途中で降りた（極少数派ですが）人は細々と小さくなってる。そんな感じなのです、なぜか。

いい加減な気持ちじゃなくて、マジメに取り組んだのだから、胸を張ってりゃいいんだよねえ。わかってるけど、なぜかできない！

こんな風に考えちゃうと、「役員」って何者？　なんて気もしてくる。ヒマのある人、忙しくてもやる気があるから役を引き受ける人。今どきヒマ人のお母さんは希少価値だから、後者が大半でしょうか。こうした方々のおかげでＰＴＡって存続しているのよね。ありがたいことです。いや、さげすんでいるんじゃないのよ。本気でそう思ってんの。子どもたちのために、ありがとうございます、と。

えー、最後にここで〝ＰＴＡ〟について一つの提案をします。それは、これからもこの制度って必要なの？　って皆様に問いたいってこと。全国的に見ると、数は少ないけれど、役員や委員を廃止している学校もあるそうだし。

行事の時にサッと集まって、パッと協力する。こんな型のPTA活動もよろしいのでは？　こう言っちゃ悪いけど、長い年月「役員」を務めた人たちって何か、ハマッテルのよね。自分自身じゃ気づかない何かに、さ。「マンネリ」とでも呼べそうですが……。何にしても「マンネリ」は良くない。そこに気づいて今の型を崩してほしいな。

行事の時だけ集まって、後は解散。いいよ、それ。ダラダラとやっているよりもずっと新鮮だし、短い時間なら一生懸命にできると思います。いかがですか、こんな方法は——。

子どものケンカ

何だかヘンだぞ、どっかおかしいぞ、と子ども同士のケンカで感じた出来事。

次男Y（小六）が、またしても（?）学校でケンカに参加して問題を起こしたのです。卒業も近いというのに、頼むよー、オイ。

ところが、今回は今までの状況とは異なった立場に息子はいました。やった方ではなく、やられた方だったのです。初めての快挙！　思い起こせば彼が人と触れ合うようになって十年。その間、〝やられた〟なんてことは一度もなかった。さて、何があったの!?　なぜ始まったのかは、いつもの通り、わかりません。ケンカなんて、そんなものなのでしょう。

で、気がつくと、我が子Y対クラスメイト四名（全員男子）のつかみ合いの状態になり、Yだけがひっかかれ、頬に三、四ヵ所のスリ傷を負っていました（本人の弁）。

さて、ここからは担任教師、K先生からの連絡帳に記入されていたケンカ情報。

「図工の授業中しかけられたケンカ（最初は口ゲンカ）に乗せられ、随分ガマンをしていたものの最後にはつかみ合いとなって、顔に傷をつくってしまいました。本人なりに、十分ガマンをしていたので、今回は、相手の子どもたちに非があると思います。ただ、授業中でしたので、担当の先生やクラスの他の子どもたちには迷惑をかけてしまったことを反省させました。相手の四人は下校後、謝りに行くということですのでよろしくお願いします」(要約)

うーむ。と、なってしまいました。何に？　先生が書いてくださったこと、大ざっぱには理解できました。でもね、と、ちょっと引っかかるのです。「四人が下校後謝りに行く」ってところ。どうして？　誰に謝るの？　学校で解決したんじゃなかったの？　……？　どうもヘンだよ、これ。首をかしげているわたしの方がおかしいの？

これがもし、大ケガを負ったのなら話は別だけど、次男はカスリ傷。それなのに親に対して謝りに来るなんてイイヨー、そんなの。来る子たちには気の毒かもしれないけど、その必要はナイと思う、わたしは。

そうして彼らは、謝りに来ました。といってもわたしが留守の間にやって来たので、ドアにメモがはさんであったのですが。「今日起こしたケンカのことで謝りに来ましたが、いなかったので明日また来ます」と書かれていました。

先生からの連絡帳の文面と彼らのメモを読み比べながら、何だかなぁーと、考えてしまいました。その後、四人のうちの一人A君が、もう一度謝りにやって来ました。以下は彼とわたしの会話。ちなみにこのとき、次男は出かけていました。

「あのぉ、今日はY君にケガをさせちゃって、すみませんでした」とA君。

「Yにはまだ会ってないから、どういうことなのかわからないんだ。説明してくれる?」

「えーとお、あの、図工の時間にぼくたちが四人でY君のことをからかって、そのうちぼくとY君がつかみ合いになったところにB君が止めに入った。でもB君は止められなくてC君やD君も加わってケンカになりました。Y君の頰に傷をつけました。すみませんでした」

「学校でYと仲直りはしたの?」

「はい、しました」

「だったら謝りになんて来なくたっていいのに。先生に言われたの? K先生?」

「あ、はい。T先生にも言われて」

「そう。先生もおかしいねぇ。仲直りをしたのならそれでいいのに。わかった。はい、ご苦労さまでした。さようなら」

「さようなら」

A君に文句を言っても始まらない。でも、なぜ先生は家にまで謝りに行きなさい、と指導をされたのでしょうか。息子がケガをしたからに違いないのでしょうが、どうしても納得がいきません。

翌朝はタイミングよく、年に一度の持久走の当番だったので、学校へ行きました。持久走の当番とは、子どもたちが週に一度朝の四〜五分間で学校の周りを走るので、その間、町の角に保護者が交代で立ち、安全を確保する係のこと。

担任のK先生、隣のクラスの担任、T先生に会い、昨日の迷惑を詫びました。付け加えて、子ども同士のことなので親にまで謝らなくてよろしいのでは、と伝えたのですが……お二人ともうなずかない。同調しない。指導の仕方に？と思ってしまいました。

ケガをした子に、させた子が謝るのは当然のこと。そこまではもちろんわたしにだって分かる。けど、小さいケガなのだから、相手の親にまで子どもに謝らせることはナイんじゃないのかなぁ。間違っているの？　わたしの考え。

心の行き違い

卒業を目前に控えた次男Y（小六）が、担任の先生とささいなことでぶつかりました。謝恩会の招待状を先生方に送るにあたって、考え方の違いが生じたのです。

次男の担当は校長先生あての招待状。ヘンな言い方だけど、一般の先生方あてなら何の問題もなかったらしい。相手が悪かったと言うと校長先生に失礼かもしれませんが、次男にとってはそこに運がなかった。

小学校の謝恩会って、どんな状況なのでしょう。ここA小学校では、先生方や来賓の皆様を招き、児童と保護者たちが感謝の気持ちを込めてお礼の会（昼食会）を開くというもの。

地域によっては、ケーキとジュースでといった軽いモノから、夜ホテルの宴会場を借りて派手に催されるモノまでさまざまらしい。地域差もあるのでしょうが、どんな形式が望ましいのか、これから考えられていくのでしょうね。

さて、問題の招待状。これもいろいろな形があるのでしょうか。保護者が作って郵送したり、子どもたちが印刷したものを配ったり……。次男たちは〝謝恩会の係〟の児童と保護者が分担して作り、配ることになっていました。来賓や他校へ転任された先生方は保護者が用意したものを郵送か、近くの方へは手渡しを。それ以外の在校中の教職員へは児童たちの手で作ったものを直接手渡しして、出席していただくようにお願いをするということでした。そこへ担任の先生から次男にチェックが入ったのです。

招待状の中身はだいたいのところ、決まっています。あて名、日時、場所、式次第と続き、最後に相手の先生へのメッセージを書くようになっていました。注意を受けたのは、メッセージの部分。内容は「ぼくは中学生になったら勉強と部活動をがんばります。先生も校長先生としてがんばってください」といったもの。うーん。確かにおかしいと言われればおかしい、か。目上の人に対して「がんばってください」はないでしょう、というのが担任の先生のご意見。こちらも親としての配慮が足りなかった、と反省。

先生から告げられた次男は――。一時間半を費やして作り上げた招待状をビリビリと破り捨ててしまったのです。先生にしてみれば、全体的にはよく仕上がっていたのでその部分だけを書き直せばよい、と思ったらしいのですが本人には通じなかった。何も破り捨てることはないだろうに、とわたしでも思います。普通に考えればそうでしょう。

でも、子どもの側からしてみると、全てを否定されたような気がしたのかな、とも思うのです。一生懸命に心を込めて文字を書き、校長先生の似顔絵を描いた招待状。さささーっと書きなぐったものではなく、本気で作り上げた後だけにビリビリッと破りたくなったのでしょうか。そんなことにいちいち熱くなっていたのでは社会で通用しないよ、と大人ならわかるところ。次男自身、こうした小さいことを一つ一つ学び、大人になっていくのでしょう。それにしても、こんなことから心と心が行き違う悲しさは案外多いのかも、と感じさせられました。普段、気づかないところで大人同士ですら傷つけ合っているのでしょうね。

家族の中でも、他人とのふれあいの中でも気をつけないといけないなあ、と心からわかったように思います。勉強になりました。

先生と保護者の会

一般的には「保護者会」と呼ばれている、先生と親の話し合いの会。先日、小学生の親としては最後のその会に出席しました。

思い起こせば、どうしてもうつむいてしまう親だったよなあ、わたし。なぜかって？　先生やクラスメイトのお母さん方に対して、申し訳ないなあーと、愚息のあやまちを謝罪する気持ちの会にいっつもなっていたから。

元気が取り柄の我が息子たち。ナイよりはあった方がイイけど、時と場合を考えてくれない子どもたちなので本当、苦労をさせてもらってる。毎日がハラハラドキドキで退屈はしないよね、前向きに考えれば。いつケンカをするのか、相手の子を傷つけていやしないか、女の子を泣かせてないか、イジメに関わってはいないかなどと、心配し出したらキリがない。

けど正直なところ、小学生のうちの心配はまだイイ。何かが起こったとしても、まあ、なんとか許される範囲では？　と思います。問題がそれらしくなってくるのはこれから、のこと。ふーっ。何が起きるんだい!?

さて、その次男Y（小六）の保護者会の席上。卒業を間近に控え、一年間、いや六年間のしめくくりの会。先生からはお母さんたち（おばあちゃんがお一人いらっしゃいました）に一言ずつ発言を、との提言がありました。

端から順番に、お世話になった先生へのお礼の言葉が続く。本心か、そうでもないのかはよくわからない。皆が皆、担任のK先生には感謝の気持ちでいっぱい、といった表現をしていました。

クラスの児童の保護者全員が出席をしているわけではないので言い切れないが、K先生を悪く言う人はいません（今までにも耳にしたことがなかった。少なくともわたしは）。

K先生は、ベテランの域に入られた教師生活三十年、といった五十代の女性。いつもにこにこと笑みを絶やさず（口はキツーイことをおっしゃっている時でも!!）大きなやさしさで子どもたちを包んでくださってK先生には感謝しています。〝小学校の先生〟として必要なものを備えていらっしゃったので、安心して愚息をお任せできました。

さて、わたしの番。まず、先生をはじめ保護者の方々に今までの息子の無礼を詫びました。思いが通じてくれたかどうか……たぶんわかっていただけた、と思います。その後には、「これからは自分の力でいろいろなことを乗り切っていってほしい。もう親が支えてあげられることは少しずつ減っていくのだから、まあ本人次第ですね」といったことを話しました。先生はいつもの笑顔を浮かべながらうなずいてくださいました。ありがとうございました！

目は離せないけれど、手は離れていく子どもたち。徐々に成長してね。だんだん心も離れていくようでなんだか寂しいんだもの。

偉い人

近所の研修センターで行われた青少年対策委員会が主催する講演会へ出かけました。講師は地元で町会連合会会長と青少年対策委員会会長を務められている○○氏。座席はそう、百席位はあるのでしょうか。町会や地元の各小・中学校のＰＴＡを中心にほぼ満席。

興味のあるテーマだったのと、人集めの要請を受けたことから出かけて行ったのでした。人集めの要請なんておかしな話でしょう？　でも今やＰＴＡ関連の行事って、こんなのばっかり。講習会や学校行事の手伝い（委員を務めることも含めて）その他、とにかく〝わたしがやりましょう、わたしが出ましょう〟なんて積極的な人、まずいない。特にこの地域にいないのかな、とも思うけど全国的にＰＴＡの委員決めは大変、という話を聞くのでどこも同じでしょう。

で、まあ、お付き合いのつもりで行ったその講演会はつまらなかった、正直。何なのよこれは、って感じでさ。演題に沿った話ではないし内容がなさすぎ。時間にすると、一時間半程でしたかね。じっと聞いてはいたけど、とにかくつまらなかった。感想としちゃそれだけ。寝ないように耐えていましたよ、わたしゃ。皆もそうだったんじゃないの？　○○氏と顔見知り、または親しい方々なのか、熱心に耳を傾けている風の人もいたような、いなかったような……。

土曜日の午後の大切な時間を返してよ！　と、思った人も大勢いたと思うよ、あれじゃあ。さて、わたしが言いたいのはこの先のこと。講師の話を聞きに協賛者の区役所関係者、町会連合会、地元警察署（少年課）などが来賓扱いで来ていたのですが、その扱いがヘンだったのです。

役所の仕事として聞きに来るのが当然なのでしょう？　これって。違うの？　会の進行役が、いちいち周りに気を遣い、やたらヘラヘラとしていたのです。上役に対して、自分の身を守ろうとしている態度がミエミエで、なんとも見苦しい。来賓というのもおかしいけど、その筆頭の教育委員会の委員長に対してなんて、本当に笑っちゃうくらいヘコヘコとしていたねぇ。

開会の言葉や閉会の辞を述べる人たちもいちいち「今日はお偉い方が大勢いらしていてとても緊張しております」とか、「お偉い方をさしおいてわたくしなどがお話をさせて頂くのもおこがましいのですが……」などと、〝お偉い〟〝お偉い〟の連発。何なのあれ？　聞き苦しかったなぁ、とっても。五十代、六十代のイイ年をしたオジサンやオジイサンがお偉いさんの前でヘコヘコする姿、見たくない。我が身の愚かさに気づかないからこそできるのでしょうが、迷惑なのよ、ああいうの。

偉いとか偉くないの違いって何よ、と聞いてみたいよねあの人たちに。肩書きでしか人を判断せず、狭い考えの中で生きていらっしゃるのでしょうねぇ、きっと。

教育委員長さんにも一言申し上げたい。あれだけへつらわれても全然気にしていらっしゃらなかったようですが、本当に何も感じていらっしゃらないのですか？　あんな扱いを受けても平気でいられる、ってこと自体おかしいですよ。〝偉い人〟と持ち上げられたら、自ら訂正する謙虚さが欲しいと思うのですが……。並の神経の人なら、そうすると思いますが違っていますか？　人って皆、平等なわけでしょう？　偉いも偉くないも本来はないはず。そこら辺のところをどう考えていらっしゃるのでしょう。〝子どもの教育〟に携わっている方が、そういう点をあいまいにされると困ります。

何たって〝教育委員長さん〟なのですから、きちんとした考えをお持ちでしょう。一度お考えを伺いたいです。偉いって何ですか？

区立中学校の統廃合問題・その一

我が町の教育委員会が区立小中学校の児童、生徒の減少傾向に伴って教育環境の整備（つまり、統廃合のこと）を行いたいと言い出しました。

「区立小中学校適正規模適正配置審議会」という、わけのわからないものが成立されて、わたしら当事者はどこかへ追いやられた形のまま、審議会は進行していたらしい。会のメンバーは学識経験者、町会連合会、社会教育団体、コミュニティ団体、ＰＴＡ連合会、学校関係者の各代表による計十二名の委員で構成。

一体どこのどなた様がなさってるの？　って感じだけど、氏名は公表されないのはなぜなの？　プライバシーの侵害？　そんなことないよね。公立の学校の問題なのだから公にするべきだよね。

それで、審議会としては三年あまりの検討期間をかけ、多くの関係者（って、これがまた誰なのよー、と聞きたい）からのご意見によって最終的な答申文が取りまとめられ、区教育委員会に答申したとのこと。概要は次のようになっていました。

一、区立小中学校の現況
児童、生徒数は減少を続け、国が定める標準校（十二学級以上十八学級以下）さえも減少している状況にある。
二、適正規模について
豊かな社会性を備えた児童、生徒を育成するには、学校での集団の関わり方や集団のあり方が大切。それには一定数の学級、学年、学校規模の維持が不可欠の条件となる。
三、通学区域について
区立小中学校は、地域との密接なつながりの中で長い歴史を重ねてきている。今まで培ってきたものを断つことにもなりかねないような見直しは難しい。そこで、適正配置の具体的な検討の中からそれぞれに通学区域の見直しを進めていくことにした。
四、適正配置について
将来の児童、生徒数の推移などの視点を踏まえた上で、学校統合を中心とした個別的な検討と、通学区域変更の可能性の両面から検討を行った。
五、具体的方策について
区内の多くの学校で直面している小規模化への適正な対応が急がれることから、検討を必要としている学校を絞り込み、方策の検討を行うことが対応として最善であると判断。適正規模を達成するまでは、これを下回る小中学校を経過措置として改善に努めることとした。
六、区における今後の教育課題について
国の教育改革の動向を踏まえながら、学校教育に関わる諸施策の充実に努め、より一層の教育環境の整備と教育の充実を図ることが重要な課題となる。以上。


ここで何が問題なのでしょうか。我が息子たちが通うX中学校は、いわゆる小規模校（ただ今六学級）。で、この先も少子化によって生徒数は増えそうもない。

そこで、さっきから繰り返し用いられている「適正規模・適正配置」方策によって他の学校との統合計画が進められている、ということなのです。

先日は夜七時からX中学校体育館において会合が催されました。区の教育委員会学務課から四名、学校側は校長、教頭先生、保護者約七十名が集合。わたしももちろん在校生二名の保護者として出席。その内容は、先に書き並べた答申の概要を学務課の方が、得々と説明してくださいました。約三十分間も。説明自体は何の問題もありません。ソツなくこなしている印象を受けました。

ところが、「答申の概要」そのものがとってもわかりにくい。「適正規模適正配置審議会」自体が理解不能だし、説明に用いられた小冊子の表紙にある〝二十一世紀を担う「生きる力」を育

む　教育環境の整備をめざして〝なーんてタイトルもすごくあいまいで、親近感が持てない。この「生きる力」って言葉もねぇ。よく使われているでしょう？　教育用語のようにして。でも、それって一体何ですか？　って聞き返したくなるのよね。わかりにくい言葉だと思いませんか？
子どもに聞かれて、まともに答えられる大人がどれ程いることか。使っている人たちだってわかって使っているのかなあ。疑問です。
さて、会に話を戻します。教育委員会の学務課対保護者の質疑応答に入りまして……。
「何かご質問はございませんか。この際ですから、ご不明な点、不安に感じていることなど、何でも構いませんのでご質問ください」（司会者であるＰＴＡの副会長さん）
シーンと静まり返るのかと思っていたら、まるで逆。次から次へと保護者から（主に母親）学務課へ発せられる質問の数々。例をあげると……。
質問一「この答申はすぐに実行されるものなのでしょうか」
答え「答申を受けたからといって、すぐにというわけではありません。六月中に基本的な方針は決めさせていただきますが、今の段階では具体的に〝いつ〟実行されるかはわかりません」
質問二「統合した場合、この学校の場所ではなく、いっしょになる学校の場所に新しい校舎を建てるということですが、なぜここではなく、あちらへ引っ越さないといけないのでしょうか。また、生徒たちがいなくなった後、学校の建物の利用法などはどのようにお考えですか」

答え「今後についてはまだ、考えておりません。この問題は教育委員会だけで答えを出せることではなく、区全体で考えていかねばなりません。ですから今はお答えできないのです」
質問三「以前にも区内で二つの中学校が統合された例がありますね。その時、何らかのトラブルは起こりませんでしたでしょうか。当時のことをお聞かせいただきたいのですが」
答え「ここにおります我々が学務課に移動する前の出来事ですので、申し訳ありませんが当時の状況についてはわかりかねます」
そこに出席していた校長先生が手をあげ、発言。
「わたしは当時その中学校に在職しておりましたので一言申し上げます。あの場合、一校の生徒数が極端に少なくて、もう一校に吸収されるような形で統合されました。そのせいかどうかはわかりませんが、トラブルは何もありませんでした。大変スムーズに新しい学校をスタートさせられたと記憶しております」
質問四「最近、あちらこちらで〝学級崩壊〟を耳にしますが、学校の規模が大きくなったり、一クラスの人数が増えるとやはり、何らかの問題が生じやすくなるのでは、と不安に思うのですが、どう思われますか」
答え「一クラスの人数が増えたからといって、そういうことがすぐに起こるということではないと思います。また、学校の規模が大きくなれば先生方の人数も増えるわけです。ですから、目も行き届くはずですのでご心配はいらないと思います」

質問五「成績のことで心配しています。生徒の人数が増えると、当然良い成績をとることが難しくなります。仮に、こちらの中学校では一、二番だった子でも、人数が増えてしまうと順位は下がり、成績も落ちる危険性があります。そうなったら、高校受験の際に重要な〝内申点〟が下がってしまう。その辺りについて、何か配慮はいただけないのでしょうか」

答え「はあ。それについては、こちらとしては何とも言えません。審議会へは報告をいたしますが、ここでは答えを控えさせてください」

と、こんな調子で応答が続きました。保護者たちの切実な思いとは裏腹に、間の抜けた答えをする教育委員会学務課の面々。

保護者の立場になって問題を捉えてくれていないなぁー、自分たちの考えを押しつけておしまいにするつもりなのかなぁーと、嫌悪感だけが残りました。

時間にして、一時間半くらいはやりとりをしていたでしょうか。こちらが熱くなればなる程、冷静な態度で応じる相手側。こんな話し合いでは、互いの気持ちなど通じるはずもありません。

それにしても、役所のすることって！　と、保護者側の出席者の殆どの人たちが叫びたかったに違いありません。

「皆さんのご意見を伺うために今日は集まっていただきました」と、あちらは言っていたけれど、意見はただ聞き流されていたように思います。

統合問題には、どの地域でも頭を悩ませていることでしょう。コレ！　といった解決策はないのだから（と言い切れるのも悲しい話ですが）。

少し歩み寄って考えれば、「あと何年後（具体的な数字をあげて）、例えば三年後に統合することが決まりましたので、新しい学校を××の場所（統合する二校以外の場所が望ましい）に造ることになりました。現在の学校は廃校となりますが、少子化のために仕方のないことです。ご理解いただけませんでしょうか」位のことを子どもが入学する前に説明してくれないものか、と思うのですが、いかがですか、役所の皆様。

予算上、新しい場所に学校を建てるなんてとてもできない。だいたいその場所がない。と、おっしゃるでしょう。ごもっとも。現実問題として。でも、発表する時期についてはどうなのでしょうか。入学して二ヵ月で、「さて再来年度から統合します。内容につきましては……」なんてあり？　ひどすぎるよ、そりゃないよ、と思うのが並の神経を持った保護者、じゃないの？　二ヵ月前にもわかりきっていたはずなのに入学後に話を持ち出すなんてズルイ！

今、今しないと本当にダメなのですか。役所の計画ってだいたいのところ何年先まで決めているの？　一、二年？　三、四年先？　少なくとも二ヵ月先ってことはないよねぇ。ありえませんよ、そんなこと。用意周到な役所仕事としては。

だとすれば、話を持ち出してすぐに実行なんて、イヤらしい方法やめてくれませんか。具体的な実行の年度を示した上で、そこから話を始めていただけませんでしょうか。「今のところこんな状況ですがいかがですか。皆さんの意見をまず、伺いたいと思いますので何でもおっしゃってください。改善の余地はまだまだあります」と、相手の立場を尊重した態度、とれないものですか。

きちんと考えてくれないと、反感が募るばかり。我々あってのあなた方。忘れないでね。

区立中学校の統廃合問題・その二

息子たち（三年・一年）が通う区立中学校の統廃合が、本格的な運びとなりました。一ヵ月半前に学校で開かれた区教育委員会の説明会の後、審議されたことが発表となったのです。

土曜日の夜、一年生のクラスの電話連絡が回りました。「月曜日の朝十時から、統廃合についての会議があって、傍聴できるそうです。聞きたい方は区役所七階へ行ってください」と。けど、これだけでは中身がわからない。「傍聴」ということは、ただ聞くだけなの？　何について、どのくらい詳しく話してくれるの？　そこで話されることは、決定済みなの？　誰が集まる会議なのか。などと、聞きたいことはいくつかありましたが、区役所に問い合わせようにも土曜の夜では、月曜の朝まで電話も通じない。

そうだ、あの人なら、とＰＴＡ役員の一人に聞いてみましたが、彼女は何も知りませんでした。三年生の保護者なので、電話連絡も回らず、情報を得ていない様子。うーん、どうしよう。聞きに行っても内容が薄いものなら無意味だし……。もしかすると、すごく重要な話なのかもしれないし……。

だってそうでしょう？　この件についてはどうしても疑ってかかってしまうのです。「一応お知らせはいたしました。一般の方にも傍聴できるようにしてあります。聞く、聞かないは皆様のご自由にどうぞ」って、伝えておいて後で文句は言わせないよ、と。どうもそんな気がする。わたしの捉え方ってイヤらしいでしょうか？

考えた後、気になることだから聞きに行くことにしました。一人で行くのも心細いので、次男と同じクラスの子のお母さんに誘いの電話をすることに。

平日の朝十時から、ということで仕事が忙しい人たちはまずムリ。それで、関心があって、時間に余裕がありそうなAさんに声をかけたのですが……。

「いやあー、ムリなんですよ。その日は午後、下の子の小学校の保護者会があるので、午前中は仕事をしないと」とAさん。

「そうか……。強くは誘えないけど、ダメ？　興味がありそうだからあなたなら、と思ったんだけど残念。じゃあ他に行けそうな人、知らない？」

「そうですねぇ。皆、仕事が忙しいからその時間帯はね、ダメだと思いますよぉ」

Aさんを責める気はもちろん、ありません。彼女の言葉が皆（他の保護者たち）の気持ちを代弁している、と思います。その位、と言うとイケナイのかもしれないけど、子どものことや学校のことって低いレベルでしか意識を持たれていないのが現実なのです。

自分のことや仕事が忙しくて、考える余裕がないってことかな。時間がなさすぎる、って感じもするし……ね。皆忙しく生きているよね、実際。

だから、本当はどうだっていいって思えないことでも、ま、いいか、仕方がないと、片づけたりして。いちいち深く考えてもいられないし、考えようともしない。

本当にそれでいいのぉ？　と、わたしは思う。思うからこそ、こんなことをツラツラと書いているのです。わかる人にはわかってほしいし、考えられる人には考えてほしい！　いくら忙しくたって大事なことなのだから。

結局、一人で聞きに行きました。それから数日して、統廃合後は同じ中学になる子（今は別の中学校に通っている）のいるBさんに電話をしました。

「平成十四年の四月に統廃合されることが決まったの知ってる？　つまり、わたしたちの子が三年生になる時なのだけど……」と、わたし。

「えーっ。知らない。本当なの？　どうなるんだろうとはこっちでも話していたけど決まっちゃったの？」

「そう。先週の月曜日に区役所で〝文教委員会〟ってのがあって、聞きに行ったらそこでそう言ってたよ。うちの校長先生の話でも決定です、ってことだった。そちらでは何も聞いていないの？」

「初めて聞いたよぉ。まぁ、うちはどっちの中学へ通おうか、入学前に迷った位だから別にいいんだけど……」

「でもさぁ、他の人たちはこっちが嫌でそっちへ入学した人もいるでしょう？　皆、知らないんだよ、きっと。今から反対してもダメって雰囲気もあるけど、どうなっちゃうんだろう、これから」

「うん、きっとこれから反対したって遅いと思うよ。答申が出された時に動かないとねぇ」

「議員の力って大きいよね。あの委員会だって発言権があるのは議員のみで、わたしらはただ聞くだけ。そこで反対意見を述べてくれないと、どうにもならない。それも力のある人が言うことには従うけど、弱い立場の議員がくどくどと、一つのことを追及していると議長にさえうるさがられて〝はい、もういいでしょう。まだ何かあるの？〟なんて言われてしまう。ひどいでしょう？　おかしいよ。おかしいけど世の中の多くのことって、こんなふうにわたしたちが知らないところで次々と決められていっているんじゃないの」

「そうかもね。よくわからないけど」

さっきのAさんと同じく、Bさんにこのことで突っかかっていっても仕方がない。Bさんには迷惑な話、で終わってしまうでしょう。

が、しかし！　こんな状態で簡単に決議されてもいいことなの？　児童・生徒数の減少によって学校が統廃合される、ってのはわかる。小規模校があっちこっちにあるのはムダだし、子どもたちにとってもいいことではない。教育上望ましくないことも、よーくわかっています。

じゃあ、何に対して怒っているのかって？　役所側の話の持っていき方です！　性急すぎるこのやり方がおかしい、と思うのです。

二月の入学説明会では、統廃合の話は一切ありませんでした。校長先生とPTA会長も（春、お子さんの卒業により退任）、X中学校をこんな感じでベタボメしていました。

「ようこそいらっしゃいました。環境問題（X中学の区域は路上生活者の多い町）によって、他の中学校へと流れていく方が多い中、我がX中学校へ入学されることは正しい選択です。なぜなら、学校の外はやや劣った環境状態かもしれませんが、一歩学校内に入れば素晴らしい世界が開けているからです。先生方は、一人一人の生徒を理解するように努め、皆熱心です。

その他、老人施設や授産施設でのボランティア活動、農作業を取り入れた栽培学習の体験など、他校ではできない貴重な経験ができます」

わたしたち保護者もこの力強い言葉を信じ、我が子をX中学校に入学させると決めて良かった！　と、安心していたのに……。

一ヵ月後、何となく学校側やPTA会長（すでに交代の時期でしたが）の言葉に歯切れの悪さを感じるようになりました。何なのこれって？　と、思っているうちに事態が急変。

三月に開かれた学年末の保護者会で、びっくりさせられる会長の話があったのです。これがあの会長なの？　同一人物？　と本当に首をかしげたくなるような内容。

「わたしもあと少しでＰＴＡの役員としての立場を退く時期となりました。自分の母校でもあるＸ中学を離れるのは、とても寂しい気持ちです。

さて、統廃合の問題ですが、Ｘ中学としては基本的には賛成の立場で話を進めたいと思います。ただ、少しでも良い条件でＹ中学といっしょになれれば、と考えています。

活動内容や校名など、いろいろと皆さん方にもご意見がおありでしょう。その声をぜひ聞かせていただきたいのです。直接、わたしのところへ来てくださっても構いませんし、あるいは文書にして提出していただいても良いです。ご協力の程、よろしくお願いいたします」

何なのよぉー、この話！　本当に驚かされました。いっしょに聞いていた他の保護者にしたって同じこと。どこでどう話が変わっちゃったの？

その後、これについての質問が受け付けられました。まず、なぜ考えが急変したのか？

「地域の皆さん（主に議員のこと？）の反対意見がなかったからです。学校は地域の皆さんあってのもの。その方たちが今後の子どもたちの教育上、Ｙ中学といっしょになって学んだ方が良い、と判断されたのでわたしもそれに賛成した、それだけです」

淡々と話す会長。口調は妙に落ち着いていて、決心の固ささえ感じられました。

でも、あまりにも早く考えが変わりすぎませんか？　一ヵ月前は、あんなに力強くX中学校の良さをアピールしていたのに。

「いや、地域の皆さんと話し合いをして決めたことですから、急に考えが変わったわけではありません。これからも子どもたちのために良い方向へことを進めていけたら、と考えています」

そうですかぁ？　わたしはあなたを信じられなくなりましたよ、この一件で。

会長や校長先生の言葉を信じて子どもたちを入学させたわたしたちって、何だか間抜けな感じがしませんか？　しかも、こんなに大事なことを急に決めるのはヘン！　です。

統廃合の計画があるならあるで、もっと早くに計画の説明をしてくれても良いのでは、と思います。例えば、入学前にきちんとした年度を挙げて、「平成十四年四月一日から、X中学校とY中学校は合併されます。今年度入学される方は三年生の春に実施となりますが、それでもよろしいでしょうか」といった話をしていただきたかったのです。この願いは届きませんか？

第三章　親子ってやつは

登校拒否

学校へ行きたがらない子どもたちが、息子たちの通う小学校にも、中学校にもポツリ、ポツリ。友だちや先生たちの声かけも効果がない。理由はさまざま。

小学生の場合は、仲間はずれ（特に女子）や成長期の不安からくる精神的なもの。中学生も友人関係のトラブルなど小学校時代から引き続いてのもの（女子）や勉強をさぼりたいなどの怠け心からくるもの（男子）、夜遊びに夢中になり朝起きられないでズルズルと休む、等。

子どもの本心は、見えにくいものです。本人にさえわからないこともあるでしょう。だから、こうした理由で不登校中、なんてハッキリ言える子は少数派。わからないなりに、その気持ちを理解してあげたくて、周りの人たちも本人の心を探るのです。お互いに焦りつつ、相手の出方を待っている。そんなことの繰り返し。

しばらく休んだら気が晴れて行こう、学校へ。なーんて気分が切り替えられる子は、そうはいやしない。

じっくり時間をかけて、本人も周りも少しずつ変わっていく。徐々に徐々に、元の生活へと戻る。ちょっと立ち止まって、悩んだり考えるのってイイことでしょう？　何も考えずにフラフラと日々を送っていたら、ただ通り過ぎちゃうわけだから。

今どきの中高生、いや小学生にしたって、モノを考えなさすぎる。ハヤリモノに手を出すのも他の子が持っているから、皆がやっているから、と自分の考えが見えない。自分が欲しい、自分がやりたい、って気持ちがゼロに近い。どうしてなの？　あれって不思議。他人がどうのこうのではなく、アンタはどうなの!?　って首ねっこをつかみたくもなります。

さて、そんな中でふと、立ち止まり学校へ行きたくなくなった不登校の子どもたち。一言では言い難いけれど、純粋なのだろう、と思います。素直な心で考えるから、生活そのものに疑問を持つのかもしれません。我が子たちは、今のところノホホーンとした状態で通学中。いつ、どこで立ち止まるのか、それともノンストップで行くのか。親の側からすればこのままで、と思います。もし、不登校になられたら、さあどうする!?　右往左往してしまいそう。大変だよ、困っちゃうよ、それって。

先日、我が子と同じ小学校に通う六年生男子の母親と話をしました。いつも元気いっぱい、明朗活発なタイプの彼について、意外なことを聞いてしまったのです。

「やっとねぇ、学校へ行くようになったけど、ここんとこずっと休んでたのよ、あの子」

「えー、どうしたの？　いつから」

「そうねえ、二学期に入ってからずっと。理由はよくわからないのよ。本人にもわからないし、こっちにもわからない。だから苦しくってねぇ、最初はついカーッと怒っちゃってさ。朝だってグズグズしているのを見ると〝早くしなさい、何やってるの!!〟って、すぐに大声を出してた。けどね、ここ最近よ、こっちもさあ、いろんな人に話を聞いてもらっているうちにね、ちょっとずつ気持ちが落ち着いてきたし……。そうすると不思議なものでね、子どものほうも安定してくるみたい。七時頃起きて、ゆっくりと身支度をしているの。だからこっちは黙ってる。それで八時半くらいになると、〝学校へ行くから送ってって〟って言い出す。登校班で皆といっしょに行くのはダメだし、一人で行くのも嫌みたい。けど、送ってくれるなら行くって言うのよ。何かねぇ、六年生にもなって甘やかしているようで良くないかなあ、って最初は思ったの。でもねぇ、それならば行くって言うんだからいいのかなあって。ずっとこの状態が続くとは思えないしね。

それに学校へ行っちゃえばちゃんと六時間目まで授業を受けてくるんだから。担任の先生に聞いてみても、普通にやってるって言うのよ。しばらくは様子を見るしかないよね。友だちとのトラブルなんてないし、先生ともちろん、ない。スクールカウンセラーの先生によると、もう子どもじゃないんだからしっかりしなくっちゃ、と気持ちの上では思っていても、それがなかなかうまくいかなくて心の中で葛藤があるんじゃないか、という話だったけどね。

どこまで続くのかわからないけど、まあ気長に付き合うしかないよね。サボってるわけじゃないんだからさ。学校へは行こう、行かなくちゃ、って思っているのに体が動かない、行けない。そんな感じだったよね、初めの頃って。二番目の子が中学生のときに、学校へ行きたくないって言い出したことがあったのね。でもそれはサボリだってすぐにわかったから、大声でしかりつけて引っ張り起こして学校へ行かせたの。そのときと比べると明らかに違うのよ、子どもの態度が。サボっているのかそうじゃないのかって、見ればわかるでしょう？

ま、そんなことでさ、大変だったけど今はね、落ち着いてきたところ。朝送っていくのがねえ、何だけどさ、帰りは迎えに行かなくても帰って来るんだからもう少しの辛抱なんじゃない。〝子育て〟って、本当、大変だよね。いろいろとあるものですよ」

立ち話はあまりしないタチだけど、この話は別格。彼女の話に引き込まれたって感じで。それにこのお母さんは、十九歳の兄ちゃん、高二の兄ちゃん、話題になっていた小六の男児の三人の男の子を育ててきたベテラン母さん。その母にして、この言葉。

〝子育ての大変さ〟をしっかりと表現されたじゃないの。わたしなんてまだまだアオイ。辛いなぁー、きっついなー、と毎日愚痴ってタメ息をついてきたけれど、大したことなかったんだよね、きっと。ってことはこれからが本当に大変ってこと？　もういいよ、十分です。早く大人になりな!!　と、願わずにはいられませんよ、まったくぅ。

少年野球

〝カッキーン〟と、気持ちの良いバット音。もうずーっと昔、ウン十年も前から高校野球ファンのわたし。高校生たちの野球って、さわやかで、見ているだけで気分がイイ。

フライを捕り損ねたり、ゴロの処理に手間取る姿には、かわいさを感じます。この子たち、ずっとずっと小さい頃から、〝野球少年〟として育ってきてるのよね。たまーに中学に入ってから始めました、なんて子もいるけど、ほとんどは〝リトルリーグ〟の経験者。そう、親がかりの野球小僧たち。それを思うとやや、魅力が失せていく。

「〝イチロー〟にしろ〝松井〟にしろ、一流選手の後ろには父の影。今や親がかりで頂点を極めるのが当たり前の時代なのよ。何言ってんの!!」とあっちこっちから聞こえてきそう……。だけど、そうゆうのイヤだ!!　と思う。そんな考え方に皆が片寄ってしまうことがイヤだなあ、と思うのです。

親の務めとして、子の才能を最大限に伸ばす、それはイイことでしょう。だから、イチローや松井のように超一流選手の親は立派なはたらきをなさったと思います。

けれど、皆が皆、天才選手のはずがありません。なのに、錯覚を起こして、子どもの野球に夢中になっている親たちがいるように思えます。休日ごとの練習のたびにかけつけ、子どもの世話をやく。子どもは子どもで、それが当然のような態度で応じる……。あー、見ていられないし、見たくない。

競うように買い揃えられる〝ユニフォーム〟。いくらかかっているのでしょうか？　プロ野球選手たちと同じようなデザインで作られた少年たちのアレ。いかにも格好から入りました、って感じでホントにたまらない。

遊びで野球をするスペースのない都会だけならともかく、全国各地で皆、一様にユニフォームを着用してしか〝少年野球〟が成り立たなくなってしまった。なんだか寂しいなあ。バット、グローブ、ボールの三点セットさえあれば〝野球〟って、できるモノじゃなかったの？

子どもが二、三人集まればキャッチボールを始めて、そこに人が加わっていって何となく野球の試合になっていた。子どもの野球って、そんなものだったはず。いつから、どこから、ヘンな方向に変わったのでしょう。気がつけば、監督やコーチがいて、大きいグラウンドを順番で借りて（しかも親が交代で借りに行く所もあるらしい）、ユニフォームをしっかり着込んでするのが当たり前。

そうして、親子共にそんな野球に満足している。本当にこれでいいの？　〝親による至れり尽くせり〟の少年野球。こんな子どもたちの中から、ガッツのある、精神的に強い勝負魂を持った子どもが育つのでしょうか？　それとも、そんな子どもを育てる必要性なんてないのかな？ただ、皆でいっしょに流れに乗って野球をする、ってことだけでイイのかもしれないね。あの様子を見ていると、どうもそんな気がしてくるのです。

嫌だよ、そんなの、なーんて思ってしまう親子はカヤの外っていうのかな。今の少年野球には、そんな雰囲気あり。〝流れに乗る〟ことをアーダ、コーダと考えているようじゃ駄目なのでしょうか。でも、立ち止まって考えるって大事だと思うのです、わたしは。

運動会でのお父さん

「いやぁ、普段子どもと付き合う時間がないものですからねぇ。こういう時こそ、がんばってイイとこ見せなくっちゃ」

と、笑顔で話すあるお父さん。何をがんばるのかって？　小学校の運動会で我が子の晴れ姿をビデオに収めることなのです。その姿をテレビの特集で見ました。

さて、何をするのか。始まりは場所取り合戦。校門が開くのは、午前八時。なのに、なのにホントかい？　と、驚いてしまったのですが、一番乗りの人は前夜の十一時半には校門前に到着。おーい、十一時半よ、もう、何を考えているんだい。徹夜でする程のことなのかい、それは。その情熱、他のことに使わなくていいんですか？　と、つい聞きたくなります。よそさまのことだから、お好きにドーゾ、でもありますが、そんな時、奥さんは何をしているのか。亭主のお尻をたたいて、強制しているのよね、これが。事前に場所選びは済ませていて、押さえたポイントをしっかと伝授。教えられているお父さんのなんとマヌケなこと。奥さんや子どもたちに、ポンポン指示されて文句の一つも言えないなんて情けないよ、もう!!

「お父さん、絶対にイイトコ撮ってよぉ。撮らなかったら承知しないよ‼」（娘）
「〇〇さんちに負けないでよ。早く起きてちゃんと場所取ってよね。昨年は出遅れたんだから、今年は頼むわよ。いい？　わかったの？」（妻）

といった具合に、完璧にやり込められてるお父さんたち。なんたってこれが特別なお父さんではなくて、普通のお父さんの姿なのだから、あきれてしまいます。なぜ、もっと強くなれないの？　イヤならイヤって言ってくれよ。

それともイヤじゃないの？　だとしたら世も末。そんなの親父じゃないよ、全然。お願いだからヤメてよ、そんなの。テレビで見るまでもなく、どこにでもいるでしょ、そういったお父さんたち。

我が家の子どもたちが幼稚園に入った頃からなのかな。お父さんのカメラマンがやたらに増えたのって。入園式、運動会、お遊戯会、卒園式と、主な行事のたびにビデオカメラを片手にお父さんたちが一区域を占領。撮ること、撮られることでお互いが満足しているような、そんな光景。

これで大丈夫なの？　と、思うのです。おせっかいかもしれないけれど、こんなことでいいのかい？　と疑問を感じます。

奥さんの言うままにビデオカメラを持ってあっちこっちへウロウロ、チョロチョロ。なんともカッコ悪い。何度も同じことを言って申し訳ないけれど……。他人だからどうだっていいけれど……。でも、見るに堪えない、見たくないモノってあるでしょう?　あの姿は正にソレ。見苦しくてタマリマセン。

行事のたびにアレを見ると、ああまたか、と思ったり、いい加減で止めてくれないものだろうか、と念じることもあります。でも当人たちは気づいていない。だからこそ、同じことの繰り返しなのでしょう。

さすがに、子どもが中学生になると、小学生までとは様子が違ってきます。親の方もヤル気が失せてくるのかな。ビデオ親父の数はぐっと減ります。一時期のことなのだから、ゴチャゴチャ言ってるわたしのほうがおかしいの?

虐待

嫌な言葉ですね、〝虐待〟って。でもこのところ、やたら耳にしませんか？　子どもが言うことを聞かないから、躾のために叩いたなんて場合もあるようですが……。実際のところはわからない。

殴る、ける、叩くのは当たり前。食事を与えない、着替えさせない、外へ出さない。本当にヒドイッ！　と思うのは性的な暴行。そんなことをされた子どもが、一生をどんな気分で過ごすのか考えてほしいよ、まず。

普通の精神状態の親ならしないことを平気でやってる辺り……に問題アリでしょうね。親自身が病んでいる。どこか、狂っている。そこから治さないと、これは解決しないでしょう。

親になって十四年。いろいろなことがありました。人並に。いや——、それ以上に。なんたって子どもたちが人一倍元気な子たちなもので。けど、相手が小さいうちは話をゆっくりしてあげたり、子どもがイタズラをしないような環境を整えておいたりすれば、そんなに親がムキになって子を叱るほどのことってないんじゃないかな。特別な場合はあっても、いつもいつもキーキー言い続ける必要はないと思うよ。

子どもを叱ることが少なけりゃ親のストレスも減る。そうすれば〝虐待〟もなくなるんじゃないの？　そんなに単純な問題じゃないか、これって。

反抗期を迎えて生意気ざかりの子に対してならともかく、小さい子、幼児に向けての暴言や暴力なんて絶対にいらないと思うのです。親自身のガマンが足りないのでしょう。大人になりきるのって難しいけど、子どもと対した時だけは大人にならなきゃ、ね。そうでなけりゃ〝親〟とは言えないよ。

「いいよ、なら親になんかならなくたって。こっちだって好きで親になったわけじゃない」なんて、開き直られそうだけど、それは違う。自分の子どもに対して責任が持てなかったり親としての自覚がナイのなら子どもを産むなよ。それで親になられたら、子どもが可哀相。親に殺された子どもの話題が出るたび、「あの子は何のために生まれてきたのだろう……」と、胸が痛みます。

皆、悩み苦しみながら長い年月をかけて少しずつ親らしくなっていく。その努力を怠っちゃイケマセンよ、やっぱり。な〜んて偉そうに言っちゃったけど、わたし自身まだまだの親なのよね。こんなことでイイのかなぁ〜、の繰り返し。ここまでは何とかやってきたけど、この先何が起こるのか、何が待ち受けているのか。考えただけでシンドイしキツイ。

でも、親なのだから！　とガンバルしかないんだよね。その思いはいつも持っておかなくちゃ。子育ての難しさと〝虐待〟してしまう親の忍耐不足。切り離しては考えにくいようでもあるし、そうでもないような……。「子を産むのはやさしい。育てることこそ難しい」、この言葉を親になる前にゆっくりと考えたらよろしいのでは？　なんとなく親になったり、急いで子どもを産む人も多いようだけど、なってからじゃ遅い。親になるには覚悟が必要だと思うよ、ある程度のね。

そう、せめて幼い子には手をあげない、けりつけない位の、本来親としてのあるべき姿を心に置いて、子育てをしましょうよ。我が子をイジメて自分の欲求を満たすなんて最悪の行為だよ。動物だってそんなことしないでしょう？　難しいけど広い心と大きな愛で子どもをつつんであげる努力をしなくっちゃ。

抱っこ

抱かれることを嫌がる赤ちゃんが四人に一人と、ある調査結果が新聞に載っていました。赤ちゃんってのは本来、抱っこが好きじゃなかったっけ？　泣いていても抱かれるとニコニコし出したり、降ろそうとすればまた泣き出したり……そんな存在のはずだったのに。

抱っこ離れの原因は親にあるらしい。抱く、あやすなどの育児の基本を知らないまま親となり、身近に手本となる人もいない。で、身勝手な育児をしてしまう（？）。

けど、抱かないでいると、うるさく泣くんじゃないの？　子の資質にもよるのかなあ。泣いてても放っておけば、自然に黙るってこと？　ピーピー、ピーピー泣きつづけてたまんない、って思っていたけど、今の赤ちゃんっておとなしいのかな。

我が子の赤ン坊時代には考えられませんでしたよ、そんなこと。特に次男はそりゃーうるさくって。我が強いっていうのか何なのか、思い出したくもない位。抱っこ、抱っこと追いたてられる感じで抱かされていたけどねぇ。

「抱き癖はつけないように」なんていう先輩のお母さんたちの声もあったけど……そうした声に

耳を傾ける母ではなかったから、抱きたい時に抱いて適当に泣きやませていたっけ。ま、いつもいつも子どもに合わせるのではなく、こっちの都合に合わせて抱くこともときどきしていたので、何となーくだけど上手くいってたよね。適当にやってたわけだけど、それで良かったんじゃないの、今となってみれば。

ところで、最近の赤ちゃんと母親を見ていて思うことが一つ。言葉かけが少ないなあってこと。わたしも我が子を抱くまで、多くの母親たちと同じで〝赤ちゃん〟を知りませんでした。だから、病院でちっこーくてシワシワの赤ら顔（って、やっぱり赤ちゃんなんだよね、あの顔色。そんなことも知らなかった！）の生き物を「はい、どーぞ」と差し出されても正直、手を引っ込めたくなったりして。なんか怖くって。恐る恐る手を出したなあ。我が子なのに。今にして思うとおかしな話よね。

そうしてまあ、育児が始まったわけで、おっかなびっくりの日々。一対一で接すると、妙に緊張して。命を預かってるって感じ、わかりますか？　それまでには一度も経験したことのない重大な役割、そんなふうに思っていました。

「フンギャア、フンギャア」と泣き出されるとビクッとして、なんとかしなくちゃと一生懸命。おなかが空いているのか、眠いのか、おむつが汚れているのか、暑いの？　寒いの？　かゆいの？　痛いの？　などといろんなことを考えた。

若かったなあ、わたしも、子どもも。初々しくって自分のことじゃないみたい。そんな日々を送っていくうちに、だんだんと育児に慣れていったのよねえ、あー懐かしい。途中、けっこう意識してやってたこと。それが〝言葉かけ〟。何かをするたびに赤ちゃんに一言、言葉をかけたのです。ベッドで泣いていて抱き上げる時も「どうしたの？　眠いの？　おなかが空いたの？」と、いうように。

外出時も同じで、「今日はイイお天気ねぇ」「あ、ネコがいるよ、こっちを見てるわねぇ、何見てるのかなあ」って感じでね。

けれど、今のお母さんって何も言わない人が多いと思います。抱っこバンドでぐっと体にくくりつけていて、余裕がないの？　せっかく抱っこして目と目も合わせられるのに語りかけていない。そんな印象を持ってしまう。皆が皆、ってことはないけれど会話をしていない姿が目に付くのです。

どうしてなの？　面倒なのかな。いちいち何かを口にするなんて、ダサくてやってられないのかなぁ。我が子が赤ちゃんの時期なんてすっごく短いでしょう。抱っこバンドで抱ける時ってわずかな期間じゃない。だったらもっと、その時を大切にした方がいいと思う。

おせっかいかもしれないけど、何だかもったいないなあ、って感じます。抱っこの大切さや親としての心構えについて、もうちょっと考えてほしいなあ。

〝後悔先に立たず〟。大変なのはよーくわかるけど、ね。すぐに子どもってでっかくなるのだから、ガンバレお母さんたち。

習い事

子どもたちの習い事で一番多いのって何？　幼児はスイミングやピアノ、バレエ、習字、サッカー。小学生になると野球が加わります。高学年に入ると塾通いの子が増えて、スイミングやピアノ、バレエあたりは本当に習いたい子が残るらしいけど……。皆さんの周りはいかがでしょうか。

幼い子どもたちにこそ親は力を注ぐ。あの神がかりのような、もの凄い力。我が子たちの幼児期も早期幼児教育とやらが盛んで、どの子も何か習い事をしていました。一週間のスケジュールがいっぱい、という子も珍しくはなかった。月曜と木曜がスイミング、火曜と土曜が英語、水曜は習字、金曜はピアノって具合に。

我が子たちが通っていたのは私立幼稚園。〝私立〟ということと〝幼稚園〟の二つが重なっているために習い事に一生懸命な親が集まっていた、と思います。皆サマ熱心だったもの、子どもたちの教育に。元気だけが取り柄だった我が息子たち。彼らは遊びに集中していて、習い事どころではありませんでした。

だからこそ感じたこと。そうですねぇー。なぜあんなにもいろいろな教室に通うのか、って思っていました。あの頃は、自由に伸び伸びと！　がわたしたち夫婦の子育ての基本だったので(ま、今も大差ナシ)。

習い事イコール伸び伸びしていないってこともないのだろうけれど、束縛されてるってのは自由じゃないってことだものね。子どもらしさは多少、減ってくるでしょ、子ども自身。けれども、習わせている親たちってそうは考えていないみたい。だから習い事を続けられるのでしょうね。いちいち考えていたら続けられなくなるものね。

その時の子どもの気持ち——どんなだったのかなあ。充実してた？　まあソコソコに。楽しかった？　とりあえずは。おもしろかった？　ときどき。つまらなかった？　時には。行きたくない日もあった？　あったような気もする。やめたくなかった？　やめたくてもやめさせてくれなかった！　なーんてところだったんじゃないのかな。勘ぐり過ぎ？

親心としては、そんな子どもの気持ちに気づきながらも子のことを思い、黙って続けさせていたってこともあるのかもね。何でも子どもの思うままにさせてはイカン！　ってのはわかります、その気持ち。

けど、問題はそういうことじゃないのです。習い始めたこと自体、親の勧めで、という場合が多いはず。となると、習い事そのものを親が押しつけてる、ってことでしょう。まあ、最初は興味を持っていた子だって少しずつ嫌になっていったり……。

　自分の意志でコレを習いたい！　と決めたのならともかく、親に言われて始めたんじゃ長くは続かない。そういうものでしょ、おけいこってさ。幼児期の習い事については子どもはもちろん、親自身もゆっくり考えてから始めるべきだと思います。他の子が習っているから、コレが上手くなってほしいから、なんてことじゃなくてね。もちろん皆さん、考えた上で習い始めているのでしょうけど。

　それに、幼児だってひとりの人間。〝心〟を持ってる。その心に沿った教育っていうのかな。合ったモノを選んだり、探してあげなくちゃ。何かその子にピッタリくるものってあるよ、絶対。それなら習う価値アリだし、長い目で見ても〝得〟したことになるよ。

　あともう一つ。時間に余裕を持たせて、ゆったりと構えさせること。時間に追いかけられないペースを守らせてあげましょうよ。ちっこい頃からセコセコとスケジュールに振り回されるなんて可哀想。

　子どものことを本気で思うのなら、悪いことをしないように見守っているだけで十分、なのかもしれないよ。もしかしたら……ね。

子どもの可能性

以前、朝日新聞夕刊に当時プロレスラーで俳優の大仁田厚さんが、こんな感じのことを書いていました。

「オレの場合、親の離婚など、ぐれたり切れたりする要素はたくさんあったが、歩いての日本一周やプロレスといった目標、夢があった。今の子は暇も金もあるが目標はない。勝手なシミュレーションをして、できっこないって可能性の芽を摘み取ってる」

近年、高校生活を送った経験から、十代の少年少女たちを身近に感じられたのでしょう。彼らと同年代の少年たちによる凶悪事件についても、要因の一つとして親たちが個性イコール自由とし、〝何でも自由〟の放任主義とはき違えたこと、と言い放っていました。

彼らの親世代の一人として「ハイ、そのとおり」と頭の下がる思いのわたし……。親として、大人として反省すべきことはたくさんある。「できっこない」って、可能性の芽を自ら摘み取ってるってこと。なぜ、子どもたちがそうなったのか。〝やればできる！〟の楽しさを教えられなかったこと、情けなく思います。

自分が高校生の頃、十七、十八歳の時ってどんなだったっけ？　今の子どもたちとどこが違っているのでしょう？　当時の一般的な高校生といえば学生運動の嵐も去って、気の抜けたフ抜けた子どもが多かったように思います（一九七〇年代後半）。三無だか四無主義と、大人たちからののしられていたっけ。三無主義って何だった？　無責任、無気力、無関心？　四無になるとうーん、無感動？　忘れてる、すっかり。

六〇年代、七〇年代の各安保闘争（つまり〝学生運動〟ってやつ）の頃の学生たちって凄かったでしょ。力がみなぎってて全体的にパワーが全開の状態で。あっちでもこっちでも考え、動き、闘い、自らの行動に責任を持っていました。今の学生や、その時代に遅れたわたしたちの世代にはないものがそこにはあった、と思います。

で、乗り遅れ組の四無主義世代の高校生といえば、今とあまり変わらないのかも……。ただ、原因不明な事件を起こす子が少なかったかなぁ、っていう位かな。もっとも、今のようにマスコミが事件を派手に扱わなかったんだよね。当時も十七、十八歳の少年犯罪はあったし、人殺しや強盗事件も起こしてたよね、注目度が違ってたかな、って感じるけど。

あと、ここが違うって思うのは、〝夢〟や〝希望〟を一応は持っていた。公に語らなくても心の中に秘めてたり……。夢を見ることは自由でしょう？　誰に束縛されるわけでもない。勝手な思い込みでいいんだもの。空想の世界を楽しむ。そんな遊び心って大事だよね、大人になる前には特に。それが今の子どもたちには欠けてるのかな。

大仁田厚さんがご指摘のように、「可能性の芽を摘み取ってる」ってことになるのでしょう。残念なことですよ、これは。

若いうちに夢を見ないで、いつ見るのよ。一生、何もなく「これしたい、あれしたい」ってことを思わないまま終わりにするってことなの？　変じゃない、それって。

「いいよ別に。何だっていいよ、別に」とシラケきって生きていくのかい？　そういえば、この〝シラケ〟自体何とも懐かしい言葉ですねぇ。ずっと以前から用いられていたでしょう？　〝シラケ世代〟なんて言われたりして。特別やる気のない世代をそう呼んで、悪者扱いをしていたのです。

考えてみれば、いつの時代も大人になる少し前のある時期、無気力感を味わっていたのかも……とも思います。

少年時代から青年の時代へと移る時、考え悩み、苦しんで気力をそがれて、〝どうでもいいよ、何だって〟と、捨てバチ気分に陥る場合もある。でも、そこから可能性を広げられるかどうか――。人生ってそういうこと？　なの!?

母親の悩み・その一

少年犯罪の背景に浮かぶものの一つが、育ち方、育てられ方の問題。環境や子育てに携わった人々（親、兄弟、友だち、先生その他）はどう、その少年と接していたのか、などなど。その中でひときわ大きな存在なのは〝親〟。特に身近な母親と少年の関係。専門家の方々もよく研究されているところだと思うのですが……結果はどうなのでしょう。場合によって、異なるには違いないけど、パターンはあるものなの？

過保護、過干渉によるものか、放任、野放しの二つに大別されることが多いけれど、本当にそれだけのことなの？　そんなに単純なことではないと思うけどなあ。そうなのですか？　専門家の先生方！

あっけらかんとした様子のお母さんにも「うちの子は小さい頃から手のかからない子で」が口ぐせのお母さんにだって、必ず母親としての悩みがあるはずです。表に出す、出さないの違いだけでさ。皆、心の中には何か持ってる。持っていない人なんて皆無。断言できるよ、同じ母親として。

で、先日そんな悩みの中でもすっごいぞこりゃあ！　というものに接しました。テレビからの情報だけど、本当にびっくりしました。

〝母親〟が〝母親〟になりきれていない現実とでもいうのでしょうかねぇ、これって。いろいろなタイプの悩める母親（なりたての、若い母親が大半なのですが）が登場して、それぞれの言い分を主張。〝悩み〟をうちあけている、ともいえるのでしょうけど、どこかが違うのよ、何かが、ね。

若い母親たちは子育てに対する不安をたくさん持っている。その気持ち、そりゃわかりますよ、わたしにだって限りなくあったもの。子どもの父親である夫は仕事が忙しくて頼りにならない。次に頼りたくなる両親（子どもにとっての祖父母）も近くに住んでいない。何でも話せる、ふっと悩みを聞いてくれる友だちも持っていない……。どんどん落ち込む母親。こんな環境で子育てをしていれば、誰だっておかしくなるでしょう。追い込まれていく条件がそろいすぎているんだもの。

結果はどうなるでしょうか。子どもをかわいいと思えなくなる。どう扱っていいのかわからない。いっしょにいると殺してしまいそうになる……。どうですか、これ。母親たちからの信じられないような訴え。

ハッキリ言って「甘い！」と思う。何なのよこの人たち。だってそうでしょう？　〝追いつめられた母親たち〟なんて言ってるけど、誰が追いつめてるっていうの？　子ども？　夫？　両親？　違うよ、追いつめているのは母親自身じゃないの？

親になる前の心構えが足りなさすぎるよ。自覚が乏しいとでも言うのかな。親ってやっぱり簡単な気持ちでなっちゃいけないものなんじゃないの？　よく言われているでしょ、「産むことは誰にでもできる。問題なのは育てることだ」ってさ。彼女らに聞いてみたいな、「考えてから親になりましたか？」って。

深く考え込むことはないよ、もちろん。考え過ぎたら誰だって親になれなくなる。子どもを産めなくなる。ただ、一応は考えてから決めましたか？　ってことを言いたいの。

「以前から子どもは好きだったから、育児には自信があったのに……」なんて愚痴る人もいるけど、好きなだけじゃそうそう上手くはいかないよ。相手は生きているのだし、ね。

結婚前は幼稚園の先生だった人や保育士をしていた人でさえ、自分の子を育てることには右往左往する場合もあるのですから……。

とにかくやってみないと、育ててみないと上手くいくのかいかないのか、わからないのが育児。それを成功させるには、そう、親としての心構え、自覚をどれだけ持っているか、だと思う。自分自身をまずしっかりさせること、そこから始めてみては。

母親の悩み・その二

「子育てを放棄する親たち」と題されたテレビのドキュメンタリー番組を見ました。前の項で書いたものと同様に、悩み苦しむ母親たちの姿が次々と映し出される。見ているこっち側までが息苦しくなってしまった。

何と言ったら良いのやら、上手い言葉が見つからない。子どもを育てるのってそんなに大変？　なーんでそこまで苦しむのだろうか……。過ぎてしまったことだから、わたしもこんなことが言えちゃうのかなぁ。

それにしても！　すさまじい人は食事を満足に与えなかったために、ついに衰弱死までさせてしまった‼　事実だけに恐ろし過ぎて何も言えません。一歳（何ヵ月なのかは不明）で亡くなるまで、口にしたのはミルクだけ。その間、どんどん子ども（無抵抗の赤ちゃんだよ、これが。信じられる？）は弱っていった。どんな思いで暮らしていたの、このお母さんは！　弱りきった我が子を抱くってどんな気持ちだったのよ！　乳児検診にも連れて行かず、ひきこもりの育児をしていたらしい。行かない理由は「育児に失敗したと思われたくない」ってこと。ふーっ。「育児に失敗」ってどういうことなの？　子どもを育てていく上で、失敗か成功かなんてすぐにわかるものじゃないと思うよ。

　検診の項目に一つや二つ発達の遅れがあったっていいじゃないの。人と違うことに慣れていないし、それがすごくイケナイことと思って落胆するのでしょうね。若い母親たちは。けどさあ、気にすることはないのよ、そんなこと。ちょっとの遅れなんてすぐに追いつき、追い越せるのだから。

　さっきの衰弱死の赤ちゃんの話に戻りますが、子どもを失くした後のお母さんのコメントが、なんとも悲しかった。

「弱っていく子どもを見ながら、大丈夫だろうか、大丈夫だろうかという気持ちで暮らしていました。わたしがちゃんとしていれば死ぬこともなかったし、こういう自分に負けずに子どもを育てていくべきだったと思います」

　正直、本当にそう思ってんの？　と言いたいよ、わたしは。こうなって平気でいられるとは思いたくないけれど、どうも引っかかる、そのお母さんに。妙に落ち着いていて、乱れていない感じでね。人の死についてちゃんと考えていない、わかってない、と感じたのです。それともショックが大きすぎて放心状態だったため、落ち着いた様子に見えたのでしょうか。

　子どもを授かりたくても授からず、苦しんでいる人たちも大勢いるというのに。反面、産んだら産みっ放しだったり、育てられない育てたくない、自信がなーい、なんてほざいて我が子を殺してしまう親もいる。さまざまですよねぇ。でも、のんびり構えてていい場合じゃないのよ、これは。

親として、大人としての務めを果たさないと！　見て見ぬふりをしたり、気分のままにしたい放題なんていいことじゃない。そんな風潮を許してしまうと、「人の命」について、これからの人たちはますます軽く考えるようになる。それでもいいんじゃないかって？　とんでもない！

時代がどんなに変わっていこうと、時が流れ去っていこうと、変わらないものはあるのです。「人の命」の大切さは何物にも代えられない。それを皆、忘れてるんじゃないの？　というより、知らずに育ってきたのかも。小さい頃から誰にも教わらず、学ぶ機会もなかった、とか。信じられないけどいるんだよね、そういう人。

命の大切さについて教え、伝えていかなくてはならない大人がこんなじゃねえ。困ったものです。子どもたちにどうやってこのことを諭したら良いのやら。……と、子どもに教える前に自分たちがまず、「心の教育」（最近よく用いられるこの「教育」。しかし、実際はどんな教育なの？　はっきり言って意味不明。ちゃんと説明できる人、いたら教えてくださいな）とやらをしていかねば、って状況なのですよね。どうなってんだい、大人たち!!

けど、ここでグチャグチャ言ってても何も始まらない。とにかく何かをしなくっちゃ。このまま進んでいったんじゃ、ロクなことにはなりません。それだけは確かなのだから。

「母親の悩み」ったって、結局は個々の問題ではなくて、社会全体の悩みでもあります。今後、世の中で生きていく子どもたちを育てているのはこの母親たちですもの。

親子トラブル

〝家庭内暴力事件〟のイヤーなニュースを耳にしました。東京都内で中学二年生の次女が両親や姉に暴力をふるい、母親に刺し殺され、直後に母親は自殺。

ドラマ仕立てのこの事件、信じられないような、現代ではありふれた出来事のような（そんなことはない、か）変な気分になりました。〝ありふれた〟というのは身近で起こっても違和感がないっていうのか、もしかしたらわたし自身が関係者になっていたかも……という感じですらある事件なのよね、これが。まあ実際に事を起こすかどうかは別物で、そんな勇気もないけれど……。

だけど、今の親子の関係って、それに近い危ういモノがあるんだよね。しかも多数派に。どうしてそうなっちゃったのかはわからない。親が親らしいことをしていないっていうのか、親らしくなくなってきている点に一つの問題があるのかも……と、思えるけれど。

恥ずかしい話ですが、親自身が子どもには言えない程、自己中心的ってことはありませんか？　我が身を思い起こすと当たっているのよね。特にわたしらの世代（一九六〇年代）以降生まれの親たちって、それに近い人が多いと思うのです。

自分たちが育った時期は、いわゆる高度経済成長期のまっただ中で、親たちはめまぐるしく働き、今の日本を作り上げてくれた。物があふれ、消費社会一直線のこの世の中を。

その時代に育ったわたしたちは、途中で感覚がヘンになったように思えます。物を大切にする心を失って、使い捨てを良しとし、どんどん感覚がマヒしていったのです。知らないうちに。慣れって怖いよねぇ、それでいいよ、って気になるし、そのうちに忘れてしまっている。

物を大切にする気をなくしたら、人を大切にしたり、相手の気持ちを思いやる心もどこかへ行っちゃった。で、できあがったのが自己中心的なわたしたち。そのまま親になったらヒドイよね、きっと。

もちろん、一九六〇年代以降に生まれた人たち皆がそう、なんてことはないでしょう。ただ、その気持ちに近い人がわりと多いんじゃないの、ってことだけでね。皆が皆そうだったら、こりゃもっと恐ろしいことになっていただろうけど、ね。

ところで、親として「物を大切にする心」を教え、導いてきたのかどうか……。自信がないなぁ。そのつもりではいるけれど、本当に伝わっているのかは疑問。

わたし自身は母親が物のない時代に育ったので、物を大切に扱うように教育されたよなぁ、と思います。今の子にしても大事にするものは各自あるはず、何にしても。例えば、自分が熱中しているこどの道具。野球をやってる子ならボールやバット、グローブ。釣りが趣味の子は竿や浮き。ゲーム好きならカセットやカードなど、それぞれに大切にしている物はあるでしょう。その度合いが違ってきているだけで。

あとは、人を大切にする心の問題。こっちはどうでしょう？　簡単に「死ね、死ね」を連発したり、本当に人を刺したり殴ったり……タマラナイ傾向にあるように思うのですが。

人を人とも思わない、なんて以前は考えられないことでした。自分が子どもの頃に、そんなこと思ったことなんてなかったもの、絶対。

けど、今の子どもたちはどう？　特に小さいときからゲーム遊びに熱中していた子を始めとして、幼少期から人を物扱いしているように思えるけど……。やっぱりこれは大人が悪い。大人の責任。きちんと子どもと向き合って、命の大切さや人と物の違いを教えないとダメだよ。

もしも、大人自身もよくわかっていないようなら、あいまいにしないでわかっている人に教えてもらわなくちゃ。そうやって伝えていく努力をしないとますますおかしくなっていくと思うのですが。

「そんなのおかしいよぉ」「面倒くさいよぉ」と、思う人がいるかもしれません。いてくださって結構。いつでも、どこからでも出て来て意見を述べてちょうだいな。

それにしても次から次へと親子の間でわけのわからない事件が起きているでしょう？　我が子

の命と引き換えに保険金をだまし取ろうなんて、本当にどうなってんの？　事実だとしたら、世の中に信じられるものが存在しなくなってしまうような寂しささえ感じられるよね。人が人ではなくなっている、人が物になってる、そんな感じ。「母親」が物になって物を殺してお金を手にする。一体何のために？

子どもが自分の母親すら信じられなくなったら、どんな人間になるっていうの？　もう、お願いだからこんな話、フィクションの世界だけにしてよね。「母親」が母性を失うなんてひどすぎる。そんなの人間じゃないよ!!

孫育て教室

孫を育てることに積極的なおばあちゃんがいる、と耳にしました。うーん、何ソレ？　しかも親になった時以上にハリキリ、一生懸命な人もいるらしい。なんと、日本助産師会の支部では、赤ちゃんの人形を用いながらの「孫育て教室」なんてのも開かれているのです。〝おばあちゃん〟たちは、とっても楽しそう。講師によると「母親学級」よりも熱心な人が多いとか。えっ？　と、思うよわたしは。どうして？　と、立ち止まってしまいました。何かヘンよ、それ。おばあちゃんが孫の世話をする、それはおかしくはない。仕事で忙しいお母さんの代理として、おばあちゃんが孫育てをするのは普通でしょう、そこまでは。

ちょっと待って、と言いたいのはその先。「おばあちゃん」ならたぶん子育ての経験者。なのに「孫育て教室」に通うのはなぜ？　偽物のおばあちゃんたちが通ってる教室なの？　だって、子育ての経験者なら赤ちゃんの扱い方を人に教えてもらわなくてもできるはず。なんだってまた、そんな教室が開かれ、生徒が集まるのだろう。わからないなあ。

「今どきの育児」を知ってもらうために、各地の自治体も支援を始めている、とのことですが……。なんで？　おまけに、赤ちゃんを預ける側の母親に安心してもらおうと、この試みを実施しているところもある、と聞きまたまたビックリ。そこまでしないと、孫の世話をさせてもらえないの？　これが時代に合わせるってことなのでしょうか。納得できない!!

さまざまな理由があるにせよ、母親（父親も含めて）が自分の手で子育てができないから、代わりに祖父母にお願いするのに、なんだって注文が多いのよ。

「お願いします」って、子どもを預けたら後は何も言わない、相手に任せる、というのが本当じゃないの？　準備や心構えについて、預けるほうが指示しているみたいでおかしいよ、やっぱり。

祖父母側も、自分の孫なのだからしっかり「任せておけ」位の強さがほしい。昔ながらのそんなジジ、ババってもういないの？　わたしって古い？

ホント、この「孫育て教室」を知った時、「世の中変わった！」って思ってしまいました。だって、おばあちゃんが自分たちと同世代の講師に赤ちゃんの人形を抱っこさせられて、なんだかとっても楽しそうにやってるのよ、抱っこの練習を。

「あなたは、その年になってそんなことを教わらないとできないの？　自分でやってよ頼みますから」と、言いたいよ、わたしゃ。

だって、人から教わってするものじゃないよ、抱っこなんてさ。それも新米ママじゃなくババなのだから、孫をかわいいと思い愛を込めて抱く。それだけでいいじゃない。他に何が必要だっていうの。

息子や娘、嫁たちに気がねすることなく、もっと毅然としててほしいよなぁ。ジジ、ババの皆さん、自信を持ってくださいよ。

若親子

わたしも年をとったってこと？　なーんとなく、「若い夫婦」の動きが気になるのです。特に子連れの若パパ、若ママ夫婦。休日にはワンサカいるでしょう、そんな夫婦が。いろんなタイプがあって、見ていて飽きない。人っておもしろいなあ、と思います。

もっとも、こっちだってどこからか見られているのかもしれません。ま、自分たちのことはどう見られていようと気にしないようにしているけれど……。あまり考えたくないので。

さて、子連れの若夫婦。子どもって親の仕草をよーく見て、真似るよね。今さら気づいてもわたしらには遅いけど、なんかタマラナイよ、あれって。身近な存在だから真似るのは当たり前なのでしょうけど、ヒャーッて感じ。

いいこと、悪いことひっくるめて、子は親に従う。二、三歳児くらいまでは、親の姿を体の中に取り入れているっていうのか、コピーそのものの場合もあります。

時がたつと、子どももすっかり慣れてきて親の真似ではなく、自分の行動そのものがそれになってるってことみたいね。遺伝的なものもあるのでしょうが、ほんと、親子って不思議だよね。

どうしてこんなところが似てるの？　ってところがソックリだったり、イヤーな性格をそのまま受け継いでいたりで、なぜ？　どうして？　と、ありきたりの疑問がわいてくるのです。

そこで、目につく親子の行動パターンをいくつか紹介します。まずは、スーパーなどの店内での様子。買い物カートを押しながらときどき走り、周りの人にぶつかりそうになったり、たまーにぶつかっても平気でいる親子。ガタガタッと動かせるカートは、小さい子どもにとっては楽しいオモチャでしょうね。ダーッと走ったら、さらにおもしろい。でもね、あれって危険だよ。思っている以上に。

一度私もぶつけられたことがあるけど痛かった。やせてるおばあさんにでも当ててごらん。倒れてケガをさせることになるんじゃないの。

親としての責任を果たしましょうよ。あれはオモチャじゃないってことを、しっかりと子どもに教えなくちゃ。いくらおもしろがったって、大人が使うものを子に与えてはダメ。他人を傷つけてからでは遅いのです。まあ、自分の子がちょこっとスリ傷をつくるぐらいでおさまるのなら構わないけどね。そう上手くはいかない、と思っていた方が利口だと思うよ。他人にケガをさせるなんて、誰だって嫌だもの。お互いに気を付けなくっちゃ、ね。

さて、次。町中でのことですが、自転車のベルに無反応の若親子、とっても多いです。ベルを鳴らして「そこどけ、そこどけ」と、やっているつもりはありません。どかないことに腹を立てているのかって？　そうじゃないのよ。ぶつかったらイケナイ、という思いで「チリンチリン」横を通りますよ、と注意を促すつもりで鳴らしているのに……無反応。自転車を押して歩きながら「すみません、通してください」と、声をかけてもしらんぷり、ってこともあります。

何なの、あれ？　小さい子どもを二～三人連れた若夫婦が道いっぱいに広がって歩いてて、ちーっともよけてくれないと気分悪いよ、ホント。道の端を歩け、とは言いません。けど、タータラと多人数で広がって歩くの、あれはヤメてよ。

それと、ベルの音が聞こえたら一応、「はい、よけてよ、危ないからね」くらいの注意をしてほしいなぁ、親として。あれに何の反応も示さない人を見ると、「躾」って言葉知ってるのかなあ、この人。なんて気になります。

歩道のまん中をビューッとすっ飛ばして行くようなマナー違反の自転車は放っておけばいい。そっちがおかしいんだから。今、言っているのは、ソロリ、ソロリと走っていてちょっと通してほしいなぁ、と思ったときに道いっぱいに広がっていて動いてくれない人の話だからね。そこのところ、間違えないでね。

親と子がいっしょにいない時でも、この現象は見られます。例えば、小学生たちの学校からの帰り道。歩道に横一列で歩く子どもたちの後ろから、チリンチリンと、ベルを鳴らす。ほとんどの場合、全員が無視。

わたしらが子どものときは、パッと反応したよ。音と同時に右側へとよけてた。今の子どもたちのこの無反応ぶり。すごいものがある、そこには。ちっとも感じないのでしょう、この音に。鈍くなってんじゃない？　感覚が。自己中心的に生きているのと同時に、どっか感性が鈍ってきている。

ずっとこのまま進んでいく、とは思いたくないけれど、何だか嫌な方向に進んでいるなぁ、と思います。親がしっかりしていないと、子どもはどんどんダメになる。何をどうしたらいいのか、そこを認識しなくちゃね。「親失格なのよ、ごめんなさい」じゃ恥ずかしいってことに、一人でも多くの人が気づいてくれたら、と思うのですがいかがでしょうか。

親の死

ある朝、友だちのお母様が亡くなられた、と連絡が入りました。数年前に大腸ガンの手術を受け、その後は入退院の繰り返し。彼女の看病は連日続き、はた目にも大変さが伝わってきました。

親を思う心。母を慕う気持ちがいつも感じられた彼女。ここ数ヵ月は「お医者様からはあと少し、って言われてるの。でも、わからないわよね、そんなの。三ヵ月って言われてても半年だって、一年だってもつこともあるしね。希望は捨てないの」と気丈にふるまっていました。元来、前向きに明るく、楽しく生きてきた人だからそんな言葉を口にして、自分を勇気づけていたのかもしれません。

けれど、その時が来てしまったのです。誰もが通る道ではあっても〝親の死〟は辛い、と思います。未経験者なので想像でしかありませんが。

寝たきりになった親を病院に預けっぱなしにしたり、兄弟間で親の面倒を見る役をなすりつけ合うなど、老親を介護する問題は山積みの状態。

そんな中で、彼女の働きぶりを目の当たりにし、感心させられることばかり。また、これから私自身がぶつかるしかない親の介護についても、あれやこれやと学ばせてもらいました。実際にできるかどうかは別にして、しなければならないことのいくつかを教えてもらったよね、いつの間にか。

〝寿命〟がどれだけのものなのかわかっていたらなぁ、とときどき思います。そうすれば大変な介護にだってきちんと向き合える気がする。けど、それって身勝手な言い分だよね。介護をする側、される側どっちもどっちで大変だし辛い。ましてや意識がしっかりとしていながら介護をされるとなったらこりゃ本当、イヤだと思うよ。

生きているのではなく、生かされている命。どうあってでも、どんな姿であろうとも生きてさえくれたらいい、命さえあればいい、なんて話耳にしたことがあるでしょう？　でもあれって本当にそうかい。そう思う人もいるにはいるでしょう。だけど、一部の人だと思うよ。わたしって冷たいのかなあ？　薄情者なのかな。

親が生きていることの意味。その重さってあるときグッと感じることがあるでしょう。今は、ずっと元気で少しでも楽しい時間を過ごしてくれたら、と願うばかり。近くに住んでいるわけじゃなく、年に数回しか会えないからこそ、遠くからそんなことを祈るだけなのです。

幼い頃からのいろいろなことを棚上げにして、なーんにも親孝行もできずにいる。家族が仲良く、元気でいればそれでいいんじゃないの、なんて甘ったれたことを思い、許してもらっている。親子だからこそ、それでいいと思って……。

けれど、そんなことで本当にいいのかなあ。今は元気でいる両親も共に七十代。いつ倒れてもおかしくない年齢になってしまいました。五年、十年は仮にこの状態が続いたとしても、その先はどうなるの？　その時〝親の死〟をきちんと迎えるにはどうしたらいいのでしょう。友だちの母親の死から、改めて考えさせられました。〝死〟については日頃、わざと遠ざかっていたけれど、逃げてばかりもいられない。

〝死〟は必ずやって来ます。迎え方は誰も教えてはくれません。自分で考え、答えを見つけるしかないものなんだね。たぶん、間違った答えなんてありゃしないのですから。

第四章　息子ってやつは

親の安心

小学生までは良かったなあーと、しみじみ思います。何がかって？　我が子の小学生までの心配事なのですけどね、大したことなかったって思うのよ。クヨクヨと、あーでもないこーでもない、って考えたことも多々あったけど今にして思うと、どうってことナイ悩みだったなあって思うのです。

長男が中学二年生、それも後半に入ったこの頃は〝将来〟そう、彼の先行きを視野に入れて、いろいろと考え出すと悩みがつきないなあ、と頭を抱えているのです。夫に相談すると返事はいつも同じ。「なるようになる。アイツの人生だしなあ。こっちがどうこう言ったってしょうがないんじゃないの」で、おしまい。

「アイツの人生」と言われれば、そうだよなあ、わたしの人生じゃないのだから、あの子自身にお任せしようか、と思う時もあります。特にケンカをした後は「もうー知らん！　勝手に生きてくれ」って気分が最高潮に達して、スッキリ忘れてやる、と思います。けどねぇ、ダメなんですよ。時間が過ぎてスーッと頭が冷えてくると、またしてもウズウズと悩める心が戻ってきてしまうのです。何なの、これって？

親心なのかなあ、とも思うけどタマリマセンねぇ。これが子どもに通じてくれてりゃまだしも、我が子の場合どうも一方通行らしく全然感じていないみたい。先行きの不安は広がるばかり……。

さて、これを〝親心〟とするならば、親が安心できること、心を落ち着けられることって何なの？　我が子が特別ってわけじゃないと思うけど（そうでもナイのかなあ……？）ハラハラ、ドキドキの連続ってどういうことなの？

で、考えてみると行き着くところ、本当に残念だけど、イイ成績をとってくることが現状のようです。小学生のうちは別にいいのよ、成績なんて。並にできてりゃ不安はない。そのうちに本気を出して、っていうのかソノ気になって勉強し出せば伸びるのよ、この子は。なーんて淡い期待も胸に抱く。

しかし、中学も後半にはいるとそうは言っていられない。現実を感じるのさ。子どもが机に向かって勉強していれば安心しちゃったりして。勉強だけが大切ってことじゃないのは頭ではわかっていてもついデキル子であってほしい、と矛盾した気持ちになる。おかしいよね、これって。世の中に出てみれば、学力では測りきれないモノ、大切なモノが他にたくさんあります。社会の一員として生きている人たちを見れば一目瞭然。皆が皆、学力優秀な生徒だったのでしょうか？　勉強に力いっぱいがんばっていた秀才くんだったのでしょうか？　そんなことはナイ。ありえナイ。

学校を卒業すればすぐ、高校でも大学でもどこの学校を出た、なんてのは過去の一つになる。入学前にはあーだ、こーだと学校を決めるのに騒ぎ、在学中も制服を着ている時や校名を尋ねられた場合に胸を張れたりしょんぼりさせられたり、ってところがあるけど、さ。卒業した後ってそう、どこだってイイじゃない、何だってイイじゃないのって思うことが多いものです。

だったらなぜ、入学前は〝学校〟にこだわるのか。ホント不思議な位に。世間体ってことなんだよね、半分は。悲しいけれどそんな気がします。気にすることなんてナイさ、と言いつつもどうも皆、執着しているのでは……？

ま、今の子は昔の子に比べて多様化しているから、さほど〝学校〟にこだわりを持たないのかもしれませんが。これからは、子どもたちの数は減る一方だから、それこそ「学校はどちら？」

なんてことをいちいち気にしなくなるかもね。

親にも子にも、そうした世の中の方がずっと生きやすいよ。勉強ができる、できないで人を区別するなんておかしいもんね。早くそうなりますように！　と願っています。

反抗期

息子たちが反抗し始めたのっていつからだったっけ？　ずーっと前すぎて忘れてしまった！　思い起こせばそう、第一期が幼稚園に入園した頃。初めての集団生活の中で自我が芽生えたせいか、変わりましたねえ何かが。攻撃的になったし、行動にますます落ち着きもなくなって〝ヤンチャ坊主〟そのもの。

親や先生方に対しても、平然と反抗してたよね。今にして思えば、とってもかわいらしい反抗だったけど。

まああれは、自然な成長の姿だったのでしょう。三歳児がすべて大人の指示通りの行動をとる、なんて考えられないものね。子どもってのは大人の言うことなんて聞かないものだし……。聞く、聞かないのパターンはいろいろあるにしてもね。今までの子育ての中から、そんな風にやっと感じられるようになったなぁ、わたし。

でもねえ、冷静な頭で考えているとそう思うのに、対子ども！　となった時には「何だっていちいち親につっかかってくるのよおー!!」と、おたけびの一つも上げていたりする。頭の中ではわかっているつもりでも、本当にわかっているわけじゃないってことなのかな。ちょっと疑問。

小学生から中学生になる間、何度か〝反抗の波〟がありました。成長期ならではの波ですね、これは。小学一年、三年、五年そして中学一年。上手い具合に二年ごとにやって来ました。不思議よねえー、こんなふうに波が来るなんて。まあ、そうした周期で大人になっていくのかな。

小学校入学後、しばらくは緊張感にどっぷりつかっていた感じで、わりとこっちの言うことを聞いていた……カナ。一学期の終わり近くになって学校にも慣れて、先生や友だちにも気をつかわないっていうのか自由に振る舞うようになったよね。だんだん我を出していったし。

息子たちは二人とも我を引っ込めずにズカズカと押し出すタイプなので、まあ――トラブルが続いた、続いた。ウンザリする位に。といっても、専ら親の方がヘコむだけで、子どもたちは全然平気！　いつでもハツラツとしていたっけ。

一年生の場合、それでも大きなトラブルはありませんでした。とりあえず、お互い様っていうところもあって、ちょっとしたイザコザは許されていましたね。一年生だもの、多少の悪さはしょうがない、って感じでね。本人にも悪気があって問題を起こしたんじゃなく、成り行きでこうなりました、というところもあり、でね。笑って許せもしましたし、許してもいただきました。

さあ三年生。ここらになると子どもには〝悪知恵〟が付いてくる。まだ、少しだけどね。でもイタズラはエスカレート。友だちとのケンカや悪ふざけをして先生や親の言うことを聞かない回数が増えました。〝耳を貸さない〟って表現がピッタリだった、この時期。

もっとも、まだ〝悪知恵〟もちょっとしかはたらかないから、言い聞かせれば理解することもたまーにはあったかな。それ以降の抵抗やら反抗を思えば、なんとかかわいらしい状況だったことか。

さて小学校高学年の反抗期。わりとアッサリしていたような気もします。今、まさにもの凄い状態に陥っているせいかもしれないけど、ね。なんだかねぇ、小学三、四年の頃まではドタバタしてて、ガンガン親が押しつけていたけれど、子どもは成長するでしょう。いろんなことをその子なりに考えて、自己主張がきちんとできるようになったよね。そう考えると〝反抗期〟って、大人が勝手に言ってることなのかもね。

親子だって別々の人間。意見が食い違って当たり前。ぶつかってきた子どもに、「おお成長したなあ」とほほえめるか、「何言ってんのよおー」と怒鳴り散らすか。親が子に試されているのが〝反抗期〟ともいえるのかな。

雷親父

反抗期の子どもに立ちはだかる者、それが〝雷親父〟。しかしねぇ、現存するの？　雷親父って。なんて思っていたら、いましたいました。それも我が家に。いやー、いるところにはいたんだ、やってくれたよ我が夫！

男同士のぶつかり合いってすごいねぇ。おっそろしい。経験者じゃないとわかってもらえないと思うけど、そこに居合わせただけで身が震え上がっちゃう。

夫は物事の白黒をハッキリつけないと嫌な性格で、誰に対しても自分の意見をズケズケ言い放つタイプ。それなのに、なぜか子どもたちに対しては甘かったのよ、今までは。不思議な位注意もしなかったし、何でも認めていたって感じ。だからこそ、年末にドカンと落ちた雷には、落とされた本人（長男・中二）はもちろん、側にいた次男とわたしもビックリ。

さて、雷の内容ですが、反抗的な息子に、母であるわたしや弟への命令口調や威張る態度を注意したのです、夫が。

こっちにしてみりゃガマンのピークを迎えていたし、心底あいつさえいなけりゃなあって思う回数が増えていて、まあ、しょっちゅう言い争いをしていたのです。それを見聞きしていた父親としては、黙ってばかりもいられなかったのでしょう。本当は、もっと早くにガツンと言ってほしかった。今回にしても言わないよりはずーっとありがたかったけど。

「家族ってのはいっしょにいたい、と思う者同士が暮らしているわけだろう。お互いのことが好きだから一つの家に住む。だけど、おまえ（長男のこと）みたいにお母さんと一日に何十回もケンカして、弟には威張り散らして泣かせてさあ、嫌がることも何度注意してもやめないで……。そういう自分のことを、どう思ってるんだ？　お母さんにも弟にも嫌われて、いっしょに住むのが嫌だってことになったら、おまえは家を出て行かなくちゃならなくなるぞ。お互いが同じ家に暮らしたい、と思えなくなったら家族として成立しなくなるんだからな。そうなった時どうするんだ？　このままだとそうなるぞ。

一人でアパートを借りて、フリーターにでもなって暮らしていきなさい、ってことになっちゃうぞ。高校はどこへ行こうなんて考えるよりもずっと大事なことだぞ、これは。わかるか？　正月の休みはじっくり考えてみなさい。おじいちゃんやおばあちゃんの家へも行かなくていいから。というより、おじいちゃんたちだっておまえが行ってさわがしくなることは迷惑なんだから行くな、おまえだけ。

とにかく、身の振り方を考えなさい、いいな。考えてみてわからないことがあったらお父さんに聞きなさい。相談にのるから」

文章にすると穏やかそうですが、セリフとしてしゃべられるとこれが怖かったのです。バババーッと、迫力がある話し方だったので。あれだけ普段、態度の大きい長男にしてもさすがに反論ができませんでした。

その後の息子の態度に変化はあったのか？　あるような、ないようなで何かハッキリしません。どことなーく、どっかが違うような気もするし、全然変わってないよコイツ、とカチンとくることもあるし、ね。もっとも十数年間培ってきたモノが、親父の説教一つで消え失せた、なんてーのも情けない。

だから、これで良かったのかもなあと、思う。戦いはまだまだ続いて大変だけど……。

昨夜の夫とわたし、そこへ割り込んできた長男との会話。

夫「反抗期ってのは、なかなか終わらないものなんだねえ」

わたし「そうねえ。長いんじゃないの、特にこの子の場合は」

夫「いやー、いつまで続くのかね」

わたし「まだ、しばらくは……」

長男「何？　何だって？」

わたし「あんたの反抗期はいつまでか、ってさ」

長男「はあーん？　何？　何て？」
わたし「だからさぁ、あんたの反抗期は長いねって話」
長男「あーん？　何？」
わたし「……もう、どうせ聞こえてんでしょっ!?」
長男「聞こえてるよ、初めっから。反抗期ィ、そりゃずーっと続くよ、永遠に。死ぬまで反抗期さ！」
あーあ、遊ばれてしまった。最近こうしたことが増えた。からかって戯れて、ときに大いに怒り、爆発する。この矛盾が思春期特有の心の不安定さなのでしょうか。
もっとも、親を言葉でからかう余裕には恐れ入るし、たくましいなぁと感心もさせられる。わたしが十四歳だった頃には、まるっきり持ち合わせていなかったモノを息子は持っている。うらやましい、とは思わないけれど正直、すごいなぁ、とは思います。
あの頃のわたしは、周りにいた大人たちに対してただただ正面切ってぶつかってはソッポばかりを向いていました。今にして思えば、かわいげのないふくれっ面の中学生。遊び心もまるっきり持ち合わせていない片寄った子でした。
思春期の途中で心に余裕を持つ。とてつもなく難しいことのように思えるのに、サラッとこなしている息子。嫌なところばかりが目につくけどそこは大切に、と心から願うのです。

父親の役割

〝お父さん〟って子どもにとってどんな存在なの？　と、素朴な疑問を持ってしまった。どうしてそんなことを思ったか。何となくね、今どきのお父さんにヘンだよー、考えられないよー、と思うことがあったから。

一部の人たちではあるのですが、どうも何なの、この人たちはって感じるのですよ。最近、こんなことがあったのです。

次男Ｙ（小六）が、同じクラスの男の子とケンカをしました。内容は他愛ないもので、相手の子がポケットに小銭を持っていた。それを気にして「どうして学校にお金を持って来てるの？見せてよ」と聞く。見せたくなかったその子は拒んだ。しつこく見たがる次男。

そうこうしているうちに、つかみ合いになり、相手の顔に爪跡が残るようなひっかき傷をつくってしまった。校内の保健室で手当てを受け、帰宅。

人を傷つけたこと、それは確かにいけない。次男に非があります。申し訳ないことをしたと思います。しかも授業中に（担任教師は出張中で、他の教師が教室内にはいたらしい）ケンカをする、という不始末さ。小学校に入りたての時期ならともかく、まもなく卒業という頃になってまだこんなことをしているのかと思うと、まあー情けない。で、とりあえずこの情けなさはここに置いて、次の話に移ります。本当はこのことでダラダラと続けたいけど長くなるので、またの機会にします。

えー、何だっけ？　そう、傷を負った子が帰宅。たぶん同じ頃、次男も帰宅。

「今日ねえ、A君とケンカした」と次男。

「どうして？」

「あいつがお金を持ってたから、どうして持ってんの？　って聞いたんだ。でも何も言わないんだ。だから、見せろよ見せろよ、ってやってるうちにケンカになった」

「ケガしたの？　A君」

「した。保健室へ行って来た。大したことないよ。ひっかき傷だから」

「まったく。しょうがないなあ。いつまでそんなことやってんのよ。先生は知ってるの？」

「うん、授業中だったからね」

「えっ？　授業中にそんなことしたの？　何の授業よ」

「五時間目で、K先生（担任教師）は出張でいなかったからU先生が来てた」

「もうー、信じられないよ。授業中にそんなことをしているなんて。どうなってんのよ‼　本当にアンタ、自分の態度を改めないと、とんでもないよ。あと少しで中学生だっていうのにどうするの、こんなことで。わかる？　ちゃんと考えなさい、自分のこと」

「……うん」

「……ふーっ」

とため息をつくわたし。

一時間後、担任のK先生から電話。

「Y君から今日のことお聞きになりましたか？」

「A君とのことですね。はい、聞きました」

「わたしがそこにいなかったものですから、よくはわからないんですが、保健の先生の話によりますと、頬に傷がついて内出血をしているようだ、ということでして気になりましたのでお電話しました。A君のお宅にも電話をしたところ、本人は塾へ行っていて状況がよくわかりません。六時半くらいには塾から帰るそうですのでその頃にもう一度電話をする、ということになっておりまして……」

「わかりました。Yの話ですと大したことはない、ということでこちらも聞き流してしまいましたが、Aさんにはわたしも電話をします。ご迷惑をおかけして申し訳ありません」

「Y君は、人が持っている物にすごく興味があるのね。わたしの物でも女の子が持っている物でも。自分が持っていない物を持っている子がいると確認したいみたい。何、何、なんだろうって。たぶん今回もその調子でいったんだろうと思いますが……。内出血をしているほどのケガ、ということでしたので、一応お知らせをしておこうと……」

「ご連絡、ありがとうございました。毎度、毎度、恐れいります」

「いえ、ここんところは落ち着いてきていて、毎度ってこともないんですよ」

「はあ、でもここまで来て、またこんなご迷惑をおかけして……」（このセリフ、わたしは今までに何度繰り返したんだろう……か）

と、先生との会話はこのような内容で終了。

七時近くになり、A君宅へ電話をしました。A君とお母さんとは、彼らが幼稚園に入園した九年前からの知り合いで、特に親しいわけではありませんが、同じクラスのお母さんの間では気軽に話せる間柄。

A君のケガの様子を聞き、お詫びをしました。傷跡はあるけれど、病院へ行く程ではないとのこと。もし、病院へ行くようなことになったり、他にも何かあるようなら連絡をくださいと伝え、電話を切りました。

スッキリとはしないものの（人にケガをさせておいて気分爽快になんてなれっこないけど）まあ、安心した気になったのでした。

それから約一時間後、A君のお父さんから息子Yに電話が入りました。二人の応答は聞こえない。何を話しているのかと不安が広がる。うつむきながら受話器を握りしめ、「はい、はい」と、力なく返事をするY。

この時！　いけないことなのかもしれない、間違ったことなのかもしれないけれど、「なに、一体!!」と、感じてしまったのです。「どうしてこうなの？　今のお父さんって！」と、不信感を抱いてしまったのです。今どきの、とお父さんを一束にしちゃいけないこともわかっていますが……。

自分が帰宅してみたら顔に傷を負った息子がいる。理由を尋ねる。クラスの子に負わされたと言う。さあ、誰だ。その子に直接電話。説教！（なのかご注意だか……わかりませんが）

これって正しいの？　正しいお父さんの行為なの？　さっきも書いたようにケガをさせた我が子がそりゃあいけない。悪いことをしたのは事実。どうでもイイようなことで熱くなって、見境がなくなるあの子が悪いよ。でもねぇ、子どもたちのこと、子ども同士のこの程度のトラブルに親が出ることはないんじゃないの。特に父親が。わかってんのかなあ、そこのところ。ここに〝父親〟が出てくることの意味。もう少し考えてほしい。

万が一にもA君のお父さんがじっくり考えた上で、息子の為にどうしても、と電話をくださったのなら本当にありがたいことだし奇特なお父さんだと思います。

だけど……たぶん違うよ、これって。だってここ数年間に何人かのお父様から我が家にはおしかりや、ご注意の電話を頂戴したからわかるけど、皆フトコロが小さい、小さい。

自分の子がかわいいのは、よくわかります。わたしにしたって、あんな不肖の息子たちでも十分、かわいいからね。でも、我が子を溺愛する、その仕方がなんとなくゆがんでいるのさ。広々とかわいがるのではなく極端すぎる感じ。ギュッと、その部分（我が子だけ）を抱きしめているようで、どっかヘン！　なーんか、今どきのお父さんたちって、信じられないよ。

わたしの考えが違っているのかしら。

〝父親〟ってのはさ、もっとデーンと構えているものじゃないの？　どっしりと重みがあって威厳に満ちている、とかさ。そういうの、どこへ行っちゃったの？　現役のお父さんたちにはナイ人が多いよ、それらが。

小さいこと、細かいことにこだわらず、イザって時だけ表に出て来てビシッと決める。どこにいるんだい、そんな親父。まだ存在するのなら出て来てよ、会いたいなあ、もう一度！

職業の選択

うーん、エライことになった！　毎度毎度、大変なことの繰り返しの〝子育て〟だけど今回は本当に困った。どうしたらいいのー!!　と叫び出したい位に。

理由はですねぇ、いっつも悩みの元をつくり出してくれる長男H（中二・十四歳）のこと。彼はもうすぐ中学三年生。なんかイヤーね、この響き。中三＝受験生＝暗く寂しいイメージ。というのは昔の話かな。今どきの子はそんなにツラーク、しんどい印象はありませんね。実際の心ン中はわからないけど、表向きにはけっこう明るい。

で、その受験生にイザ、なろうとしているH。どうにも落ち込んでいるのよ精神的に、ではなくて成績が。わたしと夫の子です、高望みをしているわけではありません。それなりの成績で十分です。が、〝それなり〟じゃないのよ、ここんとこ。二年生の初めの頃までは、ソコソコがんばってた。一年生の春からは自ら進んで行き出した塾にもマジメに通って、定期テストの前だけは（ここらへんはちょい悲しいけど……）本気で勉強をしていた、と思います。

ところが、二年生の夏休みを境にして、何か違う。どこかが変わっちゃった。悪い方にね。

ま、そうは言っても〝ワル〟がするようなことはしない。表立って悪いことをするってことはない。

けれど、それまでとはどっかが違ってきた。たぶん、学校での勉強も難しくなって、なんとなく身が入らず集中しなかったために成績が落ち込んでしまったのだろう、と母は推測しています。直接本人に聞いてみると……。

「なんか成績、下がってきてない？　このところ」

「そうねえ。下がってるねぇ」

「他人事みたいに言わないの。一回一回のこのテスト、大事なんだよ」

「わかってるよ、そんなこと。いちいち言うなよ」

「そう言うと思ってた。わかっているのなら、細かいことは言わない。でもよく考えなさいよ。これからのこと。このままじゃ行きたい高校に行けなくなっちゃうよ」

「別にいいよ」

「どういうこと？」

「学校なんかどこだっていいよ。行ければいいよ、どこでも」

あー、こいつ本当にはわかってないなー。Hは、良く言えば独立心が旺盛で自我が確立している子。他人に惑わされることもないし、自分をしっかり持っています。逆に言うと朱に染まりにくい。自分と相性の良い所では楽しめても「つまらない」と思うとガマンができません。だから、高校選びは慎重に、しかも早くから取り組んで来たはず。合わない学校へ行ったら即、「ヤメル」と言い出すに決まっている、それがわかっている母としては、望みの学校へ何としても入学させてやりたい。でも……思いは通じない。

さらに息子は、こう続けました。

「オレ、将来トラックの運転手になろうかなぁー」

「えーっ」

(トラックの運転手さんごめんなさい。ピンと来なくてね、どうしても。それでつい、そんな言葉が出てしまったのでした)

「いいじゃん、トラックって。なんか楽しそうだよ。それに勉強ができなくてもなれそうな職業だし」

ますます、コイツは何言ってんだー！　若いうちから楽することを考えて行動するなんて情けないヤツ。それに、トラックの運転手ってとんでもなく大変な仕事だと思うよ。神経は限りなく使うし、目や体もキツイだろうなぁ、と。楽な仕事なんて、ありゃしないけどね。中学二年生の少年にはまだ、わからないのかなあ。なんせ経験不足ですものね。だからこそ教えてあげないといけないのだ。わたしら大人が。

しかし、考えてみると大人の立場からも今、この仕事がオススメ、なんてものありゃしない。どこの業界が危ない、ってのはあっても逆は見当たらないし……。困ったもんです。

「本当にトラックの運転手になりたいの？　もう一度ゆっくり考えてごらん。それなら高校へ行かずに、中学を卒業してすぐに見習いとして雇ってもらった方がいいんじゃないの。高校へ行くのなんてムダ、ムダ」

「いやあ。そりゃ違うんだなぁ。高校へは行くよ。行かないのはヘンだもん。やっぱまずいでしょ、高校へは行かないと」

「そうお？　意味ないんじゃない？　免許が取れるまで、助手席でナビゲーターするとかさ、それでいいんじゃないの？」

長男の心はどうにもつかめない。つかめないままにイライラして、キツく突き放す。何だってイイ、楽をしてお金を稼ごうという考えが見え見えで本当、あきれてしまいました。

子どもの進路について親がゴチャゴチャ言うのもヘンかもしれないが、黙ってもいられません。子の考えを尊重しながら、夢を叶えてあげたいのが親心。親心などそっちのけで、自分の思いを通そうとするのが子心。

あー、それにしても通じそうで通じないのが親と子の心。腹を割って話していないから意思の疎通にかけるのか……どうかわからないけれど辛いもんですよ、これって。

体も心も成長するこの時こそ、ゆったりと将来のことを考えたい。セカセカと急がされて進路を決めるなんて変だよね。なのに、ついせかしてしまう。イカンなあ、親として反省。

将来の夢

長男Ｈ（中三・十四歳）が、悩める時を迎えました。中学を卒業してからの進路を考えなければならない。今までは、自分の意志をしっかりと持ち、何事も前向きに捉える子だったので、将来についても目標を持ち、努力をしていくと信じていました。

ところが違っていたのです。いや、違ってきたのだ、と言うべきなのかな。このところいい加減な面が表れてきて、全てに、とは言いません、生活全般に渡ってなんとなく張りがなく、生き生きとしていないのです。

本人が言うには、

「中学に入ってから、ずーっとおもしろくなかった。楽しいことなんて何にも。ただ惰性で流されていくだけ。これからもずーっとそうだと思う。別にやりたいこともないし、高校だってどこだってイイ。入れりゃいいよ、どこでも。高校時代？　それもただなんとなーく過ごすよ、皆といっしょに流されて。イイじゃん、それで。今の大人たちを見てたって楽しそうにしてる奴なんて誰もいないよ。見たことないよ、そんな奴。塾の帰りの地下鉄ン中見てりゃわかるよそれくらい。皆疲れた顔してダルそうじゃん。何をするのがいいのかなんて、わかんないよ全然。高校出たら、フリーターになりゃいいじゃん、それで。だったら高校もどこに行こうといっしょだよ。夢？　ナイ、ナイそんなもん。希望？　ナイヨ、ナイ、何だっていいんだもん、もう。ただ流れに乗って生きていく。他に何があるの？　カアちゃんを見てたってそうだぜ？　何か楽しいことあるの？　カアちゃんが楽しそうにしてるとこオレ、見たことないよ。何が楽しくて生きてるの？」

ショック。ここまで言わせてしまったかあーと。十四歳の子どもの心のうちに秘めているものをこうして表に出してこられると、辛いですねぇ。親としちゃ。

適切なアドバイスのできない自分にも腹が立つし……。ただ、本人が苦しんで、いろいろなことを考えているんだ、ってことはわかりましたけど。解決策が見つからない。とりあえずは答えを見つけるために、ガンバッテみないとイカン、ということでしょうか。

ところで、なぜこうした状況になったのかを考えてみると……理由は明白。「さあ受験だ、ガンバロー」という今、成績が芳しくない。と、不思議な程、下降状態に落ち込んでいる。どこまで下がりゃ止まるのだろう、なんて言ったら本人は怒るだろうけど、そんな状況なのです。

サボっていて下がってきたのなら、まだわかるよね。でも、そうじゃない。塾には週四日も通い、彼なりにがんばってる結果がこれ。しかも片道約一時間もかけての塾通い。なのにナンカ、サエない。集中していないところもたくさんあるのでしょう。長時間やってりゃイイ結果が出るってものじゃなし。どれだけ本気でやってるか。そこが大事。キツイことを言えば、本人にその自覚が足りない。そういうことでしょう？　そこに気づかない限り、このスランプから抜け出せないよ。

長男自身に、これをわからせるのは難しい。少しは気づいているのでしょうが……。世の中のせいにし、大人の姿勢のせいにして、自分のなまけている部分はどこかへ追いやって考えないようにして……と、つい思ってしまう。逃げている、ズルイ！

今、やるかやらないかで将来を考える機会を失ってしまうんだよ、と言い聞かせても「いいよー、別に。何とかなるって。焦るなよカアちゃん」の一言。誰のことを言ってるのよ、わたしの将来じゃないよ、あなたのだよ、ったく。

彼の父親である夫に相談したものの、なーんかトンチンカン。

「いいんじゃないの、それで。中学三年生全員が夢を描いていなくちゃならないってこともないでしょ。夢も希望もないって？　いいのいいの、それでも。いつかまた、何かしたい！　と、思うことも出てくるでしょう。今はそういう時期なんだよ」

ということで片づけられてしまった。

両親揃って子どもの将来を案じ、どうしようどうするどうする、と慌てるよりはマシか、とも思うけど、こんなことで本当にいいの？　どっかでどうにかなるものなのでしょうか。自分の時よりずっと考えてしまうなあ。彼は彼、わたしはわたしなのだから深刻になることもないのかなぁ。でも……。

親離れ

ドッカーン、とペットボトルがぶっ飛んだ。わたしの顔面ではじけ、中に入っていた麦茶がビシャッと全身にかかってきた。

自分の感情をコントロールできない長男Ｈ（中三・十四歳）が、気に入らないことを言った母親であるわたしに向け、投げつけたのでした。わたしはビショぬれになりつつ、「もう、イイ！」と、決心しました。こいつは病気なんじゃないか、と半信半疑ながら、これ以上付き合えない、と心が決まったのです。不機嫌になることが多く、強い言葉で相手をやり込め、それでも足りないと暴力をふるう。いつからこんな子になったの？　と思う反面、生まれつきの性格なのかも……とあきらめの気分。

親にあきらめられたら、そこでおしまいって感じだよね。でもさ、こっちが努力をしているのに思いが伝わらない奴には「もう、いいよ」って言いたくもなります。

本当は、そんなことを言いたくはない相手でも成り行きで言ってしまうこともあります。寂しいけれど……。で、我が息子。どうなのだろう？　難しいところです。

「勝手にしろ！」と、言うのは簡単。でも……とすぐに思ってしまう。なんせ、まだ十四歳。未成年もいいとこ。あんなに偉そうに威張り散らすのに、自分で自分の責任すらとれないなんて‼

二十歳までは、親の保護下なのですものね。あー、なぜ⁉　あんな奴の責任をどうしてわたしがとらなきゃならないの？　とマジメに思う。もう、いいよ本当。好きにしてって感じだもの、今。

わたしも夫も暴力はふるわない。なのにどうして？　あの子は、物を投げたり手足を使って攻撃をしてくるのか。母親の愛情が足りないとそんな子に育つって聞いたことがあるけれど、本当？　たくさんの愛をそそいだつもりなのになぁ。相手に伝わっていなかったってこと？　十四年間を振り返ってみると……わかりませんねぇ。どこかで何かが違ってしまったのかもしれないけど、よくわからない。いつ？　どこで？　何が？　って感じだもの。情けないことに。

もっともねぇ、これ！　なんて理由はきっとないんだよね。日々の積み重ねでこうなった、としか言えないと思う。先祖代々のいろいろな人たちの血がそうしているのかもしれない。加えて、わたしの接し方が間違っていたのかも……。いろんな要素があるのでしょう。

あっちはあっち、こっちはこっち。長男とわたしは別物。ハッキリと区別をしよう。その方がお互いに楽。親子は（特に母子の場合）二人で一対、と思いがちだけどそうではないのよね。自分が産んだ子どもには違いないけど、彼はわたし自身ではない。そりゃあ、今までだってそう思ってはいましたよ、もちろん。

でも、何か問題が生じるたびに、我が事のように熱くなっていました。しかも必要以上に。「わたしが、わたしが」と、気持ちが先走ったりして。

けど、もう卒業――。彼は彼で、自分のことをちゃんと考えて自力でやっていかなきゃ。物を投げつけたり、攻撃する相手に頼るなんておかしな話だもの。突っぱねる力が、あれだけあるのだから、しっかりやり通しなさい、最後まで。

口先だけの奴なんて、いくらでもいます。どれだけ自分の言動に責任を持てるのか。いい加減ではなく、マジメにちゃんとやってごらんよ。今の世の中、何となーくダラーリと、不マジメさが目立つけれど、それじゃ困る。一生って短いよ。

さあ、これからどうするのか。お互いにそれぞれの道を考えましょう。「親子」はずっと変わらないけれど、距離をおいて生きていく。もう、そんな時期が来たんだね。長男とわたし。十四年目の一区切り。早かったなぁ。

おわりに

思っていることを書き表す。この単純な作業が、とても難しい。素直に心の内をスラスラと……なんて全然書けませんでした。

身近な出来事の中から、これっておかしくない？　ヘンだよ、その考え、と感じたことをダラダラ書いてここまで来た。そんな感じ。

〝世間〟〝学校〟〝親子〟〝息子〟に対して「何なのよー、一体‼」と怒ったり愚痴ったり。世のお母さんたちの代弁者を気取ったつもりはないけれど、どこかに「うん、うん、わかるよあなたのその気持ち」と、思ってくれる方がいてくれたら、とてもうれしい。一人より二人、二人より三人。さらに多くの方々に賛同していただけたら……と、願うのは欲張り過ぎでしょうか。

子育ての環境が良いとは言えない現在の状況では、自分の意見と合う人――味方を持つというのはすごく心強いことですよね。お母さん同士が友だち同士となって仲良く楽しく子どもを育てられれば……一番の理想的な姿でしょう。そんな子育てを実践している方々も大勢いらっしゃるでしょうしね。わたし自身も子どもの友だちのお母さんたちに、どれだけ助けられたことか。ここまで何とか子育てを続けてこられたのもその方々のおかげですから。本当に感謝しています。

〝子育て〟って、よく言われるように子どもを育てながら実は親も子に育てられるもの。子どもを持たなかった自分を想像してみると、よくわかります。あの子たちがいなかったら、今日のわたしはないのだ、と。それに何と言っても、この本の存在自体なかったのですから、彼らのわたしへの影響力ってすごいなあ。

取り柄は元気だけで、しょっちゅう困らされてばかりの子どもたちでしたが、そのおかげでこんな〝まとめ〟ができて少し、ホッとしています。けど、二十歳までは親の責任下。まだ、子育て完了とはいきません。息子たちよ、どうぞお手柔らかに——。

鷹觜　好子

二〇〇三年一月

著者プロフィール
鷹觜　好子（たかはし　よしこ）

1960年　大阪市に生まれる
　　　　群馬県高崎市で育つ
1983年　大阪芸術大学芸術学部文芸学科卒業
　　　　フリーライターとして活動
1985年　結婚〜出産のため家事・育児に専念
2001年　ＮＰＯ法人日本子育てアドバイザー協会認定の
　　　　子育てアドバイザーとなる
　　　　東京都在住

子育て進化論　熱血母の勝手な言い分

2003年5月15日　初版第1刷発行

著　者　鷹觜 好子
発行者　瓜谷 綱延
発行所　株式会社文芸社
〒160-0022　東京都新宿区新宿1－10－1
電話　03-5369-3060（編集）
　　　03-5369-2299（販売）
振替　00190-8-728265

印刷所　株式会社平河工業社

ISBN4-8355-5574-0 C0095